HONOS ET PATRIAE

Juergen von Rehberg

HONOS ET PATRIAE

Bibliografische Information der Deutschen National-bibliothek:
Die Deutsche Nationalbibliothek verzeichnet diese Publikation in der Deutschen Nationalbibliografie; detaillierte bibliografische Daten sind im Internet über http://dnb.dnb.de abrufbar.

Herstellung und Verlag: BoD – Books on Demand, Norderstedt

ISBN: **978-3-7481-4857-9**

Die Fahrt nach Bisoncours auf der Route Nationale war an diesem Abend relativ schwach frequentiert, was Commandant Sophie Brasseur auf die Geschwindigkeitsbeschränkung vergessen ließ.

Normalerweise wären 90 km/h das Maß der Dinge gewesen; aber zum einen war die Straße nass, was zu einer Beschränkung von 80 km/h geführt hätte und zum anderen befand sie sich innerhalb einer Baustelle, wo nur 60 km/h erlaubt waren.

Sie hatte die Baustelle gerade passiert, als sie von einer Streife heraus gewunken wurde. Sie stoppte ab und ließ das Fenster herunter.

Einer der Beamten näherte sich und sagte in einem barschen Ton:

„Können Sie nicht lesen oder haben sie geschlafen? Sie sind gerade 30 km/h zu schnell gefahren."

Sophie wollte dem rüpelhaften Beamten gerade ihren Dienstausweis unter die Nase halten, als dieser in derselben Tonart fortfuhr:

„Führerschein und Wagenpapiere; aber ein bisschen plötzlich, wenn ich bitten darf, Madame!"

Sophie gab dem Beamten die geforderten Unterlagen und harrte der Dinge, die da wohl noch kommen würden.

„Geben Sie zu, dass Sie zu schnell gefahren sind?", fragte der Beamte weiter, und Sophie antwortete:

„Das weiß ich nicht; aber wenn das so war, dann waren das höchsten 10 bis 15 km/h."

Sophie wusste natürlich ganz genau, dass die magische Grenze bei 20 km/h lag. Ab da wird es nämlich teuer.

„Reden Sie keinen Unsinn, Madame", entgegnete der Beamte, zu dem sich inzwischen ein weiterer Beamte gesellt hatte, *„oder wollen Sie mir unterstellen, dass ich lüge?"*

„Natürlich nicht", antwortete Sophie, welcher die Angelegenheit allmählich suspekt vorkam.

„Dann ist es ja gut", antwortete der Beamte und sagte:

„Das wären dann 135 Euro Bußgeld, Madame."

Sophie beschloss sich auf das Spiel einzulassen. Sie nahm ihr Portmonee, entnahm ihm die geforderte Summe und streckte sie dem Beamten entgegen.

Als dieser zugreifen wollte, zog sie die Geldscheine wieder zurück und sagte:

„Ich möchte eine Quittung."

Der Beamte zückte einen Block, kritzelte etwas darauf und reichte Sophie das abgerissene Stück Papier mit den Worten:

„Dann kommen noch 15 Euro Bearbeitungsgebühr hinzu."

Sophie sah auf den Zettel. Es war ein ihr bekanntes, gängiges Formular, auf welchem jedoch nur 135 Euro quittiert worden waren, was sie veranlasste zu sagen:

„Sie haben sich mit dem Betrag geirrt, Monsieur."

„Jetzt ist es genug, Madame", mischte sich jetzt der zweite Beamte ein, *„steigen Sie sofort aus dem Wagen und Hände auf das Dach!"*

Sophie wollte gerade in ihre Tasche greifen, die auf dem Beifahrersitz lag, als derselbe Beamte schrie:

„Nehmen Sie die Hände weg von der Tasche und steigen Sie sofort aus!"

Um seine Entschlossenheit zu unterstreichen, hatte er seine Dienstwaffe gezückt und hielt sie auf Sophie gerichtet.

Sophie sah die beiden Männer genauer an. Der erste Beamte schien ein Endvierziger zu sein, vielleicht auch schon etwas darüber, und der zweite war wesentlich jünger. Sie schätzte ihn auf Mitte/Ende zwanzig.

„Mein Name ist Sophie Brasseur. Ich bin Commandant der Police nationale, und ich werde jetzt ganz langsam meinen Dienstausweis aus meiner Tasche nehmen."

Jedes ihrer Worte traf die beiden Beamten wie ein Peitschenschlag. Der ältere der beiden bekam einen hochroten Kopf. Er bedeutete seinem Kollegen mit einer heftigen Kopfbewegung eiligst die Waffe wegzustecken.

Sophie hielt ihren Ausweis in der rechten Hand und öffnete mit ihrer linken die Autotür.

„Sie schreiben mir ihre beiden Namen, nebst Dienstnummer auf die Rückseite des Zettels, den Sie mir gerade überreicht haben und melden den Vorgang auf Ihrer Dienststelle."

„Ich bitte Sie, Commandant", versuchte der ältere Beamte Schadensbegrenzung zu betreiben. *„Wir konnten doch nicht wissen, dass Sie eine Kollegin sind. Ich vernichte den Zettel, und wir vergessen den Vorfall."*

„Auf keinen Fall antwortete Sophie, *„Sie tun genau das, was ich Ihnen gesagt habe. Und zwar ein bisschen plötzlich."*

Der Beamte schrieb Namen und Dienstnummern auf die Rückseite des Zettels und überreichte ihn Sophie.

Sophie steckte den Zettel ein und sagte:

„Ich werde jetzt einsteigen und weiterfahren, geschätzte Kollegen. Natürlich nur, wenn Sie nichts dagegen haben."

„Natürlich nicht, Commandant", antwortete der ältere Beamte, „wir wünschen Ihnen eine gute Fahrt!"

„Danke, meine Herren", sagte Sophie und fügte noch hinzu:

„Wir sehen uns bestimmt wieder."

Dann fuhr sie weiter, und schon eine knappe Viertelstunde später sah sie die ersten Häuser von Bisoncours.

Bisoncours, eine überschaubare Stadt, ca. 75 km außerhalb von Paris gelegen, sollte in der kommenden Zeit das Betätigungsfeld von Sophie werden. Der Grund dafür war ein Mord an einem Kollegen.

Der Commissaire de police von Bisoncours hatte darum gebeten, dass die Untersuchung des Mordes von Beamten durchgeführt werden sollte, die nicht seiner Dienststelle angehörten.

*****

„Guten Tag, ich bin Commandant Brasseur. Melden Sie mich bitte bei Commissaire Garnier; er erwartet mich".

Mit diesen Worten begann für Sophie die Ermittlung in einem äußerst heiklen Fall. Das Recherchieren in einem fremden Revier ist immer eine diffizile Angelegenheit und mit vielen Ressentiments behaftet.

Die Kollegin am Empfang griff zum Telefon und meldete Sophie an.

„Der Commissaire erwarte Sie", kam die Antwort kurz darauf, die nur wenig Freundliches an sich hatte. *„Erster Stock, Tür 19. Der Fahrstuhl ist gleich um die Ecke."*

Mit diesem Hinweis und einer Kopfbewegung in Richtung Fahrstuhl sah die Kollegin das Gespräch als beendet an.

„Vielen Dank, Madame", sagte Sophie zu der um einiges älteren Kollegin, nicht ohne den Gesichtsausdruck derselben zu genießen, die in ihren Diensträumen nur selten mit ihrem richtigen Dienstgrad, aber noch nie mit „Madame" angesprochen worden war.

Sophie klopfte an und trat ein.

„Guten Tag, Commandant Brasseur!"

Commissaire Philipp Garnier war hinter seinem Schreibtisch aufgestanden und begrüßte Sophie.

„Ich bin überrascht, dass man mir eine so junge Kollegin geschickt hat", sagte der Commissaire und fügte noch hinzu:

„In Paris spricht man ja in den höchsten Tönen von Ihnen, Commandant."

„Es tut mir sehr leid, dass ich Ihren Altersvorstellungen nicht gerecht werden kann, M. Commissaire; aber darauf habe ich leider keinen Einfluss", sagte Sophie und schaute ihr Vis-à-vis dabei mit festem Blick an.

Der Mann hinter dem Schreibtisch, der ihr Vater hätte sein können, lächelte und erwiderte:

„Rousel hat sie mir genau so geschildert, und er hat kein bisschen übertrieben."

„Sie kennen meinen Chef?", fragte Sophie überrascht, denn wer sonst auf der Welt würde wohl noch „Rousel" heißen, was nichts anderes als „Rotschopf" bedeutet.

„Ja", antwortete Commissaire Garnier, *„wir haben zur selben Zeit unsere Ausbildung bei der École nationale de Police gemacht. Wie geht es ihm denn?"*

„Haben Sie nicht mit ihm gesprochen?", fragte Sophie.

„Natürlich", antwortete der Commissaire, *„wir haben telefoniert."*

„*Und da haben Sie ihn nicht gefragt, wie es ihm geht?*", setzte Sophie nach.

„*Aber ja doch*", antwortete der Commissaire, „*ich wollte nur von Ihnen hören, welchen Eindruck er auf Sie macht.*"

Sophie sah den Commissaire eindringlich an und sagte dann:

„*Es ist nicht meine Art über Kollegen zu reden, vor allem, wenn sie nicht anwesend sind.*"

Der Commissaire schluckte. Die junge Frau überraschte ihn. So etwas war ihm bisher noch nicht untergekommen. Er beschloss es vorerst einmal dabei bewenden zu lassen und wandte sich dem eigentlichen Zweck seiner Besucherin zu.

„*Hier haben Sie die Akte <Lieutenant Maurice Cassel>. Sie können sich zu Ihrer Unterstützung gern Beamte von meiner Dienststelle dazu nehmen, wenn Sie möchten. Und wenn Sie Fragen haben, meine Tür steht Ihnen jederzeit offen.*"

„*Vielen Dank, M. Commissaire*", sagte Sophie, „*aber ich erwarte einen Kollegen aus Paris, der mich bei dem Fall unterstützen wird. Wenn das dann alles ist?*"

„*Ja*", antwortete der Commissaire, der normalerweise gewohnt war, dass er das Gespräch mit einem Untergebenen beendete.

„*Ich danke für den freundlichen Empfang und wünsche noch einen schönen Tag.*"

Mit diesen Worten verließ Sophie den Commissaire, der unmittelbar darauf zum Hörer griff, um seinem Kollegen und Freund, Commissaire Rousel Papin von der äußerst erfrischenden Unterhaltung mit einer jungen Kollegin zu berichten.

*****

„*Ich soll mich bei Ihnen melden*", sagte Brigadier Didier Meunier mit unsicherer Stimme, als er das Zimmer von Sophie betrat, welches ihr für die Dauer der Untersuchung zugeteilt worden war.

„*So ist es, Brigadier*", antwortete Sophie und setzte hinzu:

„*Kannst du dich an mich erinnern?*"

„*Jawohl Commandant*", antwortete der Brigadier, dieses Mal mit einem etwas zackigeren Tonfall.

Sophie sah den jungen Mann an. Er war wohl um die zehn Jahre jünger als sie. Es war unverkennbar, dass er sich gerade nicht besonders wohl in seiner Haut fühlte.

„*Dann ist es ja gut*", entgegnete Sophie kurz.

„*Das ist Capitaine Boulanger*", stellte Sophie den anwesenden Kollegen vor, der am Abend zuvor aus Paris eingetroffen war.

Sie arbeiteten schon viele Jahre zusammen, und obwohl René fast zwanzig Jahre älter war als Sophie, anerkannte und respektierte er sie als seine Vorgesetzte.

„*Du wist jetzt diese Akte zweimal kopieren*", sagte Sophie zu dem Brigadier, „*einmal für den Capitaine und einmal für dich.*"

„*Jawohl Commandant*", antwortete Brigadier Meunier und wollte schon bei der Tür hinaus, als Sophie ihn mit den Worten zurückhielt:

„*Hör gut zu, Didi*", sagte Sophie, „*du arbeitest die nächste Zeit für mich und nur für mich, hast du das verstanden?*"

„*Jawohl Commandant*", kam die Antwort wieder prompt aus dem Mund von Brigadier Meunier.

„*Ich erwarte völlige Loyalität, und von deinem Verhalten mir gegenüber wird deine künftige Karriere abhängen.*

Und noch etwas. Von deinem Kumpel, dem Autobahnräuber hältst du dich künftig fern. Hast du das verstanden?"

Und wieder antwortete der völlig verunsicherte Brigadier mit einem kräftigen „*Jawohl!*"

„Ein schlichtes <Ja, Commandant> genügt. Wir sind ja nicht beim Militär", sagte Sophie, bevor sie ihn entließ, um die Akte zu kopieren.

Brigadier Didier Meunier machte eine Kurze Verbeugung in Richtung von Sophie und René und verließ den Raum.

Als er die Tür hinter sich zugezogen hatte, war er sich nicht sicher, ob er das Duzen von Commandant Brasseur und die Art ihn „Didi" zu nennen - ein Privileg, das bisher nur seine liebe Mama besaß - als eine Auszeichnung oder als eine Bestrafung einstufen sollte.

Nach kurzer Überlegung entschloss sich der junge Polizist für die letztere Variante.

„Was war das denn gerade?", fragte René, der den Vortrag von Sophie mit einem gewissen Schmunzeln verfolgt hatte.

„Und was hat es mit dem Autobahnräuber auf sich?", fragte er weiter.

„Das ist eine verrückte Geschichte", antwortete Sophie, *„die erzähle ich dir irgendwann später bei einem Glas Wein. Aber jetzt kümmern wir uns erst einmal um den Fall."*

*****

Akte Lieutenant Maurice Cassel :

Tod durch zwei Schüsse. Ein Schuss aus nicht allzu großer Entfernung in die Brust, und ein weiterer, aufgesetzter Schuss mitten auf die Stirn.

Kaliber: 6,35mm

Todeszeitpunkt: 18. November

DNA-Spuren keine vorhanden.

Fundort der Leiche: Lac du Tolliseau.

Fundort vermutlich nicht gleichzusetzen mit dem Tatort.

*****

Brigadier Meunier war mit den Kopien der Akte zurückgekehrt. Eine davon reichte er dem Capitaine.

„Jetzt holst du uns noch einen Kaffee", schickte Sophie den jungen Kollegen gleich wieder fort, *„und dann beginnen wir mit der Arbeit."*

Als der Brigadier gegangen war, betrachtete René die Bilder von der Leiche und sagte:

„*Das sieht aus wie eine Hinrichtung. Gibt es eventuell Hinweise auf einen mafiösen Hintergrund?*"

„*Wie soll ich das wissen?*", fragte Sophie, „*ich habe die Akte erst vor kurzem erhalten.*"

„*Wir sollten vielleicht dem Medizinmann einen Besuch abstatten*", fuhr René fort. „*Was meinst du?*"

„*Machen wir*", antwortete Sophie, „*wir warten nur, bis unser Sklave zurückkommt. Wir nehmen ihn mit, damit er etwas lernen kann.*"

„*Warum nennst du ihn so?*", fragte René.

„*Ich erkläre es dir heute Abend im Hotel. Du wohnst doch auch im <Le Crocodile>, so wie ich?*", entgegnete Sophie.

„*Ja*", antwortete René, „*ich wohne auch in dieser Bruchbude. Ich hätte mir etwas anderes gewünscht.*"

„*Der Staat hat kein Geld, mein Lieber*", antwortete Sophie, „*das solltest du doch wissen als Staatsdiener.*"

Als Brigadier Meunier mit den drei Bechern Kaffee aus dem Automaten zurückgekommen war, sagte Sophie nach dem ersten Schluck:

„*Bis morgen besorgst du eine Kaffeemaschine und Geschirr. Diese Brühe ist ja völlig ungenießbar. Und noch etwas: Morgen erscheinst du in Zivil.*"

Brigadier Meunier wollte einen ihm zwingend notwendig scheinenden Einwand vorbringen, der von Sophie erahnt und sofort im Keim erstickt wurde:

„Keine Angst; ich kläre das mit Commissaire Garnier ab."

*****

Der Pathologe empfing die drei Kriminalbeamten mit den Worten:

„Sind unsere Leute so schlecht, dass man Personal von außerhalb bemühen muss, um diesen Fall zu lösen?"

„Auch Ihnen einen wunderschönen, guten Tag, Herr Doktor!", parierte Sophie die Missfallensäußerung des Pathologen, begleitet von einem Lächeln und fügte hinzu:

„Das ist Capitaine Boulanger, dieser junge Mann ist Brigadier Meunier, und ich bin Commandant Brasseur. Verraten Sie uns freundlicherweise auch Ihren werten Namen?"

Der Pathologe, Prof. Armand Perrier, sah Sophie erstaunt an, denn so etwas war ihm in den langen Jahren seiner Tätigkeit noch nicht untergekommen.

Er schwankte zwischen Empörung und Bewunderung hin und her. War es Arroganz, ein Grundcharakterzug der Pariser oder eine gewisse Pfiffigkeit, welche von der jungen Frau ausging.

Der Pathologe erwiderte das Lächeln von Commandant Brasseur und antwortete:

„Pardon, ich vergaß mich vorzustellen. Verzeihen Sie mir bitte meine Unhöflichkeit. Ich bin Prof. Armand Perrier und stehe zu Ihren Diensten."

„Vielen Dank, M. Professeur", antwortete Sophie, *„ich freue mich sehr Ihre Bekanntschaft zu machen."*

Sie trat auf den Pathologen zu und reichte ihm die Hand. Der Professor hielt einen Augenblick lang ihre Hand, beugte sich dann hinunter, um einen Handkuss anzudeuten.

„Die Freude ist ganz auf meiner Seite, Commandant", antwortete der Professor und sah Sophie dabei fest in ihre Augen.

Sophie lächelte erneut. Sie musste in diesem Moment an den Spruch aus dem Film „Casablanca" denken, in welchem Rick zu Louis sagt:

„Das ist der Beginn einer wunderbaren Freundschaft."

Der Mann mit seinem gewaltigen Oberlippen-Schnauzer imponierte Sophie sehr. Was sie in diesem Augenblick noch nicht wissen konnte, war die Tatsache, dass man den Pathologen – hinter vorgehaltener Hand – allgemein nur „Prof. Moustache" nannte.

„Was deutet darauf hin, dass der Fundort der Leiche nicht zugleich auch der Tatort ist?", begann Sophie mit ihren Fragen.

„Sehen Sie sich die Leiche an", antwortete der Pathologe und deutete dabei auf das Gesicht des Toten.

„Hier haben wir ein gebrochenes Jochbein und einen gebrochenen Kiefer. Das deutet auf massive Gewalteinwirkung hin. Und das impliziert große Mengen an Blutverlust.

Man hätte also Blutspuren oder auch Spuren eines Kampfes finden müssen. Und einen Kampf hat es dezidiert gegeben."

Bevor Sophie fragen konnte, fuhr der Pathologe fort:

„Der Tote zeigt Abwehrspuren an den Händen."

„Aber wie hätte man Blutspuren finden sollen?", fragte jetzt Capitaine Boulanger den Pathologen, *„der See wird ja nicht so klein sein?"*

„Das ist richtig, Capitaine", antwortete der Pathologe, *„der <Lac Rouge> ist nicht sehr groß, aber er ist nur an einer Stelle zugänglich."*

„*Moment*", sagte Sophie, „*wurde die Leiche nicht im <Lac du Tolliseau> gefunden?*"

„*Im Volksmund wird der See <Lac Rouge> genannt*", antwortet der Pathologe.

„*Warum dieses?*", fragte Sophie, und der Pathologe antwortete:

„*Der See bekommt seine rote Farbe durch Eisenoxyde, welche im Gestein enthalten sind.*"

„*Und wie wurde die Leiche gefunden?*", fragte Capitaine Boulanger jetzt weiter.

„*Durch einen Zufall*", antwortete der Pathologe, „*ein junges Liebespaar war mit einem Boot unterwegs und hat die Leiche nahe beim Ufer entdeckt.*"

„*Das beantwortet aber noch immer nicht, wie die Leiche in den See gekommen ist*", sagte Sophie.

„*Per Luftfracht*", antwortete der Pathologe.

Als er die erstaunten Blicke seiner Besucher sah, fuhr er fort:

„*Die Leiche wurde sehr wahrscheinlich aus einem Hubschrauber in den See geworfen. Beim Aufprall ist der Müllsack aufgeplatzt, in welchen ihn die Täter hineingesteckt hatten.*"

„*Sie sagten <die Täter> und nicht <der Täter>*", meldete sich jetzt Brigadier Meunier zu Wort, der das Szenario bisher schweigend verfolgt hatte.

Der Pathologe sah zu Didi hin und antwortete:

„*Junger Freund; einer muss fliegen und ein anderer muss den Sack mit der Leiche in den See kippen. Das wären dann schon einmal mindestens zwei. Geben Sie mir da recht?*"

„*Oui*", *M. Professeur*", antwortete Didi, der gerade bereute überhaupt etwas gesagt zu haben.

„*Und deshalb hat man auch keine Blutspuren, keine Kampfspuren und keine Reifenspuren am See gefunden. Alles Gute kam von oben.*"

Damit befand der Pathologe die Frage nach Tatort/Fundort als hinlänglich geklärt. Er schaute in die Gesichter der drei Beamten und sagte:

„*Kann ich sonst noch etwas für Sie tun?*"

„*Eine Frage hätte ich noch*", sagte Sophie, „*war der erste Schuss in die Brust tödlich?*"

„*Mein Kompliment, Commandant*", antwortete der Pathologe. „*Ich hätte nicht gedacht, dass Sie mich das fragen. Beide Schüsse stammen aus derselben Waffe.*

Es handelt sich um eine kleinkalibrige Waffe, vermutlich eine Damenpistole, Kaliber 6,35mm.

Die Durchschlagskraft dieser Waffe hält sich in Grenzen. Da der erste Schuss nicht aus unmittelbarer Nähe abgefeuert wurde, muss dieser nicht zwingend tödlich gewesen sein. Daher wohl auch der aufgesetzte, letale zweite Schuss."

"Vielen Dank, M. Professeur", sagte Sophie, *"es war eine äußerst interessante und aufschlussreiche Unterhaltung."*

"Immer wieder gern, Commandant", antwortete der Pathologe lächelnd, und Sophie lächelte mit einem Blick zurück, den man hätte deuten könnten als:

"Vielleicht schon eher, als du denkst…"

*****

"Was haben wir?"

Mit dieser Frage leitete Sophie am nächsten Morgen ein Brainstorming ein.

"Einen toten, massakrierten Kollegen mit zwei Löcher im Körper", antwortete Capitaine Boulanger sarkastisch.

"Das hilft uns nicht wirklich weiter, René", antwortete Sophie mit strengem Blick.

„*Aber stimmt doch*", versuchte sich René zu rechtfertigen, „*sonst haben wir ja nichts.*"

„*Dann müssen wir eben schauen, dass wir etwas finden*", sagte Sophie und wandte sich an Brigadier Meunier:

„*Didi, du findest heraus, mit wem Lieutenant Maurice Cassel in den letzten drei Monaten Dienst hatte.*"

Der Brigadier sah Sophie fragend an.

„*Was ist*", fragte Sophie, „*ist das ein Problem für dich?*"

„*Nein, Commandant*", antwortete Didi, und Sophie sagte:

„*Dann vite, vite, kleiner Brigadier. Ich möchte die betreffenden Kollegen nur fragen, ob ihnen an dem Toten in letzter Zeit etwas aufgefallen ist. Das ist alles.*"

Mit einem „*Jawohl, Commandant*" ließ der Brigadier erkennen, dass er gerade sehr erleichtert war.

„*Was hat denn der Kleine?*", fragte René, als Didier den Raum verlassen hatte.

„*Ich weiß nicht*", antwortete Sophie, „*vielleicht einen Loyalitätskonflikt.*"

„*Mit seinen Kollegen oder mit dir?*", fragte René.

„Du bist und bleibst ein Zyniker. Irgendwann wirst du noch daran ersticken."

„Aber nicht, bevor du mit mir zu Abend gegessen hast, chérie", antwortete René.

„Abendessen - vielleicht ja", antwortete Sophie, *„aber chérie – niemals."*

„Du bist so grausam", sagte René mit einem alles dahin schmelzen lassenden Blick.

Sophie lachte und erwiderte:

„Du gibst wohl nie auf", worauf René antwortete:

„Niemals, mein Commandant."

*****

Befragung von Brigadier Bernard Camus

„Nehmen Sie bitte Platz und vielen Dank, dass Sie gekommen sind", sagte Sophie und fragte dann:

„Wie alt sind Sie, Brigadier?"

„Achtundzwanzig, Commandant", antwortete der leicht überheblich wirkende Brigadier.

„*Dann sind Sie ja alt genug, um zu wissen, was es heißt in einer Mordermittlung die Unwahrheit zu sagen oder etwas zu verschweigen.*"

„*Jawohl, Commandant*", antwortete der Brigadier zackig, was Sophie klar erkennen ließ, dass der so bis eben noch cool wirkende Kollege etwas geschrumpft war.

Sophie hatte sich schon gedacht, dass die anderen Kollegen ihn darauf vorbereitet hatten, wie mit den arroganten Kollegen aus der Hauptstadt umzugehen wäre.

„*Dann ist es ja gut*", sagte Sophie, nachdem sie den Brigadier eine Weile lang nur stumm angeschaut hatte. „*Wir wollen doch beide, dass der Mord an unserem armen Kollegen, Lieutenant Maurice Cassel, so schnell wie möglich aufgeklärt wird, oder?*"

„*Natürlich, Commandant*", antwortete der Brigadier mit gedämpfter Stimme.

„*Dann erzählen Sie uns einmal in aller Ruhe und Ausführlichkeit, wie der Lieutenant Cassel so war*", fuhr Sophie fort.

„*Wie meinen Sie das?*", fragte der Brigadier, der sich gerade nicht wirklich auskannte.

„*War er ein angenehmer Kollege oder vielleicht eher ein Kotzbrocken? War er ein Asket oder ein Genussmensch? Hat er vielleicht gespielt oder gedealt?*"

Dem armen Brigadier begannen gerade sämtliche Felle davon zu schwimmen. In seiner ganzen Hilflosigkeit fragte er:

„Was ist ein Asket, Madame?"

Sophie hätte beinahe laut hinausgelacht über die Einfältigkeit ihres Gegenübers. Und dass ein Untergebener sie gerade mit „Madame" angesprochen hatte, anstatt mit ihrem Dienstgrad, ließ nur den einen Schluss zu: Dieser Mensch würde wohl keine große Hilfe darstellen.

„Sie können gehen, Brigadier", sagte Sophie, *„und schicken Sie den Nächsten herein!"*

Es dauerte eine Weile, bis die Tür aufging und eine Frau eintrat. Sie hatte wohl den Brigadier noch schnell befragt, was die Tussi aus Paris von ihm gewollt hatte.

„Lieutenant Marion Dubois."

Mit diesen Worten setzte sie sich nieder, ohne dazu von Sophie aufgefordert worden zu sein.

Ihre laszive Art sich zu bewegen, und die Art, wie sie ihre Uniformmütze trug, sprach Bände. Es war eine Baseball Cap, welche sie ohne jegliche Eile vom Kopf zog und auf ihr Knie legte.

Sophie war sofort bewusst, dass sie gerade in hohem Maße provoziert wurde.

Als Sophie nicht sofort mit der Befragung begann, wurde der Lieutenant leicht nervös. Sophie schaute sie nur an und sagte kein Wort.

Marion Dubois bemühte sich dem Blick von Sophie standzuhalten, was ihr aber nicht gelang. Nach einer für sie gefühlten Ewigkeit platzte es aus ihr heraus:

„Wieso starren Sie mich so an?"

„Ich starre Sie nicht an, Lieutenant", antwortete Sophie, *„ich mache mir nur ein Bild von Ihnen."*

„Und?", entgegnete Marion Dubois schroff, *„ist das Bild bald fertig?"*

„Ein solches Bild wird niemals fertig, Lieutenant", antwortete Sophie in einem leisen, fast schmeichlerischen Tonfall.

„Und warum nicht?", fragte Marion Dubois in derselben schroffen Tonart wie zuvor.

„Weil sich der Charakter eines Menschen in einem steten Wandel befindet, Lieutenant. Mag sein, aus eigenem Antrieb oder auch durch das Schicksal bedingt."

Lieutenant Marion Dubois wurde leicht schwindelig im Kopf. So einem Menschen war sie zuvor noch nicht begegnet.

Ihre Fassung verlor Marion Dubois dann endgültig als sie Sophie sagen hörte:

„Das ist jetzt gerade so ein Beispiel, Lieutenant. Als Sie noch vor der Türe standen, waren Sie ein völlig anderer Mensch als der, der Sie jetzt vorgeben wollen zu sein.

Aber das funktioniert bei mir nicht. Daher fordere ich Sie jetzt auf hinauszugehen, anzuklopfen, und wenn ich <Herein> sage, treten Sie ein, nehmen Haltung an und melden sich mit Namen und Dienstgrad.

Und wenn ich danach sage, Sie sollen sich setzen, dann setzen Sie sich. Aber erst dann. Haben Sie das verstanden, Lieutenant Marion Dubois?"

Den letzten Satz sagte Sophie in einem astreinen „Staccato", wie man es aus der Welt der Musik kennt.

Lieutenant Marion Dubois war aufgesprungen, sagte ein klar und deutlich vernehmliches *„Jawohl, Commandant!"* und verließ den Raum.

Als sie wenig später anklopfte, und nach dem *"Herein"* von Sophie eintrat, war von der Arroganz von zuvor nichts mehr übrig.

Lieutenant Marion Dubois nahm Haltung an, sagte Namen und Dienstgrad und stand reglos vor Commandant Sophie Brasseur, bis diese sagte:

„Setzen Sie sich, Lieutenant!"

Befragung von Lieutenant Marion Dubois

„*Wie gut kannten Sie Lieutenant Maurice Cassel?*"

Mit dieser Frage eröffnete Sophie die Befragung.

„*Nicht besonders gut*", antwortete Marion Dubois, „*wie man sich halt so kennt, wenn man auf derselben Dienststelle arbeitet.*"

„*Hatten Sie außerhalb der Dienstzeit privaten Kontakt mit dem Lieutenant?*", fragte Sophie weiter.

„*Wie meinen Sie das?*", entgegnete Marion Dubois.

„*Waren Sie vielleicht ein Liebespaar?*", antwortete Sophie.

„*Auf gar keinen Fall*", antwortete Marion Dubois, „*ich habe Ihnen doch schon gesagt, dass wir uns kaum kannten.*"

„*Ach ja, richtig*", sagte Sophie, „*das sagten Sie ja bereits.*"

Sophie sah minutenlang in die vor ihr liegende Akte, bevor sie sagte:

„*Ich entnehme gerade der Akte, dass sie erst vor kurzem zum Lieutenant befördert wurden. Meinen Glückwunsch noch nachträglich.*"

„*Danke, Commandant*", erwiderte Marion Dubois.

Sophie nahm eine weitere Akte in die Hand und las darin. Ohne den Blick zu heben, sagte sie plötzlich:

„*Was für ein Zufall. Lieutenant Cassel ist zum selben Zeitpunkt wie Sie befördert worden…*"

Marion Dubois wurde bleich. Sie fühlte, wie sich eine unsichtbare Schlinge um ihren Hals legte. Sophie hob ihren Blick von der Akte und sah ihr Gegenüber an. Dann sagte sie:

„*Sie haben denselben Lehrgang besucht wie René Cassel, Sie haben zur selben Zeit die Prüfung abgelegt, und Sie wurden am gleichen Tag befördert wie er.*"

Und nach einer gleichen Pause mit lauter Stimme:

„*Wollen Sie noch immer behaupten, Sie haben Lieutenant Maurice Cassel kaum gekannt?*"

„*Nein, Commandant*", antwortete Marion Dubois mit schwacher Stimme, „*bitte, verzeihen Sie.*"

„*Was soll ich Ihnen verzeihen, Lieutenant*", sagte Sophie mit derselben Lautstärke, „*dass Sie meine Intelligenz beleidigt haben oder dass Sie nur dreist gelogen haben?*"

Marion Dubois schwieg. Sie war in sich zusammengesunken, und sie fühlte sich hundeelend.

„*Lassen wir das einmal beiseite*", sagte Sophie, jetzt aber wieder in normaler Lautstärke.

„*Wir beginnen die Befragung noch einmal von vorne, und ich kann Ihnen nur raten die Wahrheit zu sagen, sollten Sie kein Interesse daran verspüren sich einem Disziplinarverfahren unterziehen zu müssen.*"

„*Jawohl, Commandant!*", antwortete Marion Dubois, und Sophie war sich absolut sicher, dass sie vielleicht nicht alles in Erfahrung bringen könnte; jedoch, dass das Gesagte Wort für Wort der Wahrheit entsprechen würde.

„*Beschreiben Sie den Charakter von Lieutenant Cassel aus Ihrer Sicht!*", sagte Sophie, und Marion Dubois antwortete:

„*Maurice war nicht gerade ein Held, aber er war ein loyaler Kollege, und die anderen mochten ihn.*"

„*Können Sie das präzisieren?*", fragte Sophie.

„*Wenn wir zum Beispiel eine Verhaftung vornehmen mussten, war er keiner, der in der ersten Reihe stand, wenn Sie verstehen, was ich meine.*"

Sophie nickte und fragte weiter:

„*Wissen Sie, ob der Lieutenant Feinde hatte?*"

Marion Dubois ließ sich Zeit mit ihrer Antwort. Man konnte deutlich sehen, dass sie ernsthaft darüber nachdachte. Nach einer Weile antwortete sie:

„Ich glaube nicht."

„Was heißt das, Sie glauben nicht", hakte Sophie nach, *„denken Sie noch einmal genau nach."*

„Na, ja, vielleicht <Choucroute>. Er hat bei seiner Verhaftung dem Lieutenant gedroht, er würde ihn umbringen, wenn er wieder draußen wäre. Aber das ist Unsinn, der sitzt ja noch."

„Wer ist <Choucroute>, und was hat er gemacht?", fragte Sophie.

„Sein richtiger Name ist Marcel Kleiber. Er stammt aus dem Elsas; daher auch der Spitzname", antwortete Marion Dubois.

„Weswegen wurde er verurteilt?", fragte Sophie noch einmal, und Marion Dubois antwortete:

„Bankraub, in Verbindung mit schwerer Körperverletzung."

„Und wieso hat er dem Lieutenant gedroht?", fragte Sophie.

„Maurice hat ihn damals überwältigt, weil er zufällig in der Bank war, als Choucroute sie überfallen hat", antwortete Marion Dubois.

„Hat er den Überfall allein gemacht?", fragte Sophie.

„Ja", antwortete Marion Dubois, „*und das ohne eine richtige Waffe.*"

„*Was heißt das?*", setzte Sophie nach, und Marion Dubois antwortete:

„*Er hatte eine Schreckschusspistole, und Maurice hat das erkannt.*"

„*Also war er ja doch so etwas wie ein Held*", sagte Sophie, „*finden Sie nicht auch, Lieutenant?*"

Marion Dubois begnügte sich mit einem Achselzucken als Antwort.

„*Sie können jetzt gehen, Lieutenant*", sagte Sophie, „*ich werde Sie aber eventuell später noch einmal befragen.*"

„*Und was ist mit dem Disziplinarverfahren?*", fragte Marion Dubois, während sie aufstand.

„*Ich werde mir die Entscheidung vorbehalten*", antwortete Sophie, die zu keinem Zeitpunkt daran gedacht hatte ein solches anzustreben.

Als Marion Dubois das Zimmer verlassen hatte, ging Sophie zu Capitaine Boulanger, der die Befragung im Nebenraum am Bildschirm mitverfolgt hatte.

„*Was sagst du zu der äußerst bemerkenswerten Kollegin, René?*", sagte sie zu ihrem Freund und zündete sich eine Zigarette an.

„*Klein, aber oho*", antwortete René lächelnd, auf die geringe Körpergröße von Lieutenant Marion Dubois anspielend, „*und ganz schön raffiniert.*"

„*Findest du?*", fragte Sophie, und René antwortete:

„*Ja, schon; aber natürlich nicht raffiniert genug für Commandant Brasseur.*"

„*Gute Antwort, Capitaine*", entgegnete Sophie und blies den Rauch ihrer Zigarette in die Richtung ihres Kollegen.

„*Was hältst du von <Choucroute>, dem Bankräuber?*", fragte Sophie, und René antwortete:

„*Das ist theoretisch denkbar.*"

„*Ist es nicht*", sagte Sophie, „*der sitzt doch seine Strafe ab.*"

„*Eben doch*", erwiderte René, „*der ist schon wieder draußen. Ich habe es sofort überprüft, als ich es vorhin gehört habe.*"

Sophie dachte einen Augenblick lang nach, bevor sie sagte:

„*Kannst du dir vorstellen, dass ein Mann, den man <Choucroute> nennt, der mit einer Schreckschusspistole eine Bank überfällt und sich dabei erwischen lässt, einen Mann regelrecht hinrichtet?*"

„*Nicht wirklich*", antwortete René, „*schau dir einmal das Bild an.*"

Mit diesen Worten drehte er den Bildschirm zu Sophie hin, auf welchem die Beschreibung und das Bild von Marcel Kleiber zu sehen waren.

Ein Mann, Anfang sechzig, hager, strähniges, fettes, langes Haar, das ihm ins Gesicht hing, das perfekte Abbild eines ungepflegten Mannes.

Die zotteligen Haare und die Tatsache, dass Marcel Kleiber aus dem Elsass stammte, waren wohl ursächlich für seinen Spitznamen „Choucroute".

„*Du hast recht*", sagte Sophie nach dem Betrachten des Bildes, „*lass ihn aber trotzdem zum Befragen herschaffen.*"

„*Zu Befehl, Commandant!*", sagte René lachend, „*aber nur, wenn wir heute Abend gemeinsam speisen.*"

„*Von mir aus*", erwiderte Sophie; „*aber du bezahlst.*"

„*Was anderes wäre mir nie in den Sinn gekommen, chérie*", antwortete René amüsiert, und Sophie sagte:

„*Wenn du noch ein einziges Mal <chérie> sagst, dann erschieße ich dich.*"

*****

Das kleine Restaurant, unweit ihres Hotels gelegen, war nur mäßig besucht. Sophie und René saßen an einem Tisch, weit hinten im Raum.

Sophie hatte sich gewundert, dass sie nicht gleich im vorderen Teil Platz genommen hatten und fragte deshalb:

„Wieso hast du den Tisch so weit hinten bestellt?"

„Ich wollte, dass wir ungestört sind", antwortete René. Sophie wollte aufstehen, um zu gehen; aber René hielt sie zurück.

„Sei nicht albern, Sophie", sagte René, *„das war doch nur Spaß. Ich habe mir gedacht, du möchtest vielleicht über den Fall sprechen, und dass wir hier hinten mehr Ruhe hätten."*

Sophie schaute René an. Nicht, dass die Begründung nicht nachvollziehbar gewesen wäre; aber sie kannte René. Sie waren schließlich einmal ein Paar; auch wenn es nicht lang gehalten hatte.

René war kein Mann für nur eine Frau. Sophie hatte das schmerzlich erfahren müssen. René war ein Charmeur, und die Frauen liebten ihn. Sie machten es ihm leicht, und er war viel zu schwach, um dem zu widerstehen.

Sophie setzte sich wieder hin. Sie nahm die Speisekarte in die Hand und fragte beiläufig:

„Wie geht es Sylvie und dem kleinen Lucien?"

„*Danke, recht gut*", antwortet René, der in diesem Moment einsehen musste, dass die Festung „Sophie" auch in nächster Zeit nicht einzunehmen wäre.

René hatte ein Verhältnis mit Sylvie, das nicht ohne Folgen blieb. Und das zu der Zeit, als er noch mit Sophie zusammen war.

Obwohl Sylvie von ihm schwanger war, kam eine Hochzeit für René nicht infrage. Er begleitete Sylvie durch die ganze Schwangerschaft, machte ihr aber unmissverständlich klar, dass er keine Ehe anstrebte.

Sophie gab René den Laufpass. Was sie ihm damals jedoch hoch anrechnete, war die Tatsache, dass er sich um seinen kleinen Sohn, nach dessen Geburt fürsorglich kümmerte.

Sylvie hatte schon sehr bald einen willigen Zeitgenossen gefunden, der sie heiratete, und welcher der erste Mann war, zu dem Lucien „Papa" sagte.

Es dauerte danach eine gewisse Zeit, bis Lucien begriff, dass es in seinem Leben zwei Männer gab, zu denen er „Papa" sagen konnte, was er dann auch tat, eröffnete es doch die Aussicht auf zusätzliche Geschenke.

Der restliche Abend ging zu Ende, ohne weitere Versuche von René sich Sophie zu nähern und ohne ein einziges Wort zu dem Mordfall zu verlieren.

*****

„*Ich habe eine Espressomaschine besorgt*", sagte Brigadier Meunier und hielt sie voller Stolz in die Höhe.

„*Das ist ja toll, Didi*", lobte Sophie ihren jungen Kollegen, „*am besten, du wirst sie gleich einmal an.*"

„*Mach ich, Commandant*", antwortete der Brigadier und fügte noch hinzu:

„*Fast hätte ich es vergessen. Ein Marcel Kleiber sitzt in Befragungsraum 2, soll ich Ihnen sagen.*"

„*Von wem?*", fragte Sophie überrascht, und der Brigadier antwortete:

„*Von Capitaine Boulanger*", antwortete der Brigadier.

Sophie eilte dorthin und öffnete die Tür. Sie sah ihren Freund vorwurfsvoll an. Und noch bevor sie ihren Unmut darüber äußern konnte, dass René über ihren Kopf hinweg gehandelt hatte, sagte dieser:

„*Das ist Marcel Kleiber, bereit für Ihre Befragung, Commandant.*"

René stand auf und bot Sophie seinen Platz an.

„*Warum bin ich hier?*", fragte Marcel Kleiber verwirrt, „*ich habe doch gar nichts gemacht.*"

„*Das weiß ich, Monsieur*", antwortete Sophie, „*es handelt sich eindeutig um ein Missverständnis.*

„Ich bitte Sie die Umstände zu entschuldigen, welche Ihnen widerfahren sind. Ein Kollege wird Sie sogleich nachhause fahren."

Der Mann, welcher Sophie gerade verständnislos anstarrte, hatte einen heftigen Tremor in beiden Armen und Händen.

Sophie kannte das nur allzu gut. Ihr Vater hatte ebenfalls Parkinson. Er war vor einem guten Jahr daran gestorben.

Sophie stand auf, nickte dem Mann freundlich zu und verließ das Befragungszimmer. René folgte ihr. Als sie draußen waren, fauchte Sophie ihn an:

„Hast du nicht bemerkt, dass der Mann sehr krank ist? Der könnte noch nicht einmal eine Waffe halten, geschweige denn ein Scheunentor damit treffen."

René erschrak. Diese heftige Reaktion von Sophie überraschte ihn. Er hätte sie gern nach dem Grund dafür befragt, aber die Stimmung war im Augenblick viel zu aufgeheizt.

*****

Befragung von Brigadier Henri Abril

„Nicht so schüchtern, Brigadier", sagte Sophie, als Henri Abril eingetreten war, *„treten Sie ruhig nä-*

her. *Auf der Autobahn waren Sie doch auch nicht so schüchtern, wenn ich mich recht erinnere.* "

Brigadier Abril stand vor Commandant Brasseur wie versteinert und seine Hände schwitzten.

„Wollen Sie sich nicht setzen, Brigadier? ", fragte Sophie mit einem süffisanten Unterton in der Stimme.

Der Brigadier setzte sich nieder, während Sophie zu Capitaine Boulanger, der mit im Raum war, sagte:

„Das ist der andere Autobahnräuber, von dem ich dir erzählt habe. "

Das Unwohlgefühl von Brigadier Abril nahm merklich zu, und er verfluchte den Tag der unseligen Begegnung mit Commandant Brasseur.

„Sie wissen, warum Sie hier sind? ", fragte Sophie, und der Brigadier antwortete:

„Jawohl, Madame! "

Sophie fixierte den Brigadier mit starrem Blick. Nach einer Weile sagte sie:

„Wie lang sind Sie schon bei der Polizei, Monsieur? "

Brigadier Abril begriff sogleich, worauf der Commandant hinauswollte. Er antwortete:

„Im nächsten Jahr werden es 25 Jahre. "

„*Mein Kompliment, Brigadier*", antwortete Sophie, „*dann feiern Sie ja im nächsten Jahr ein Dienstjubiläum.*"

„*Ja, so ist es*", antwortete der Brigadier.

Sophie wartete noch einen kleinen Augenblick, bevor sie sagte:

„*So, so; fast 25 Jahre Polizist. Und immer noch Brigadier.*"

Sophie ließ diesem Satz viel Zeit; sie wollte ihn einfach nur ein wenig wirken lassen. Sie lächelte den Brigadier an und fügte dann hinzu:

„*Hängt es vielleicht damit zusammen, dass Sie die Dienstgrade der Police nationale nicht kennen, und auch nicht wissen, wie man eine vorgesetzte Person korrekt anzusprechen hat?*"

Sophie zelebrierte die Worte mit einem „crescendo", wie man es aus der Welt der Musik kennt. Soll bedeuten: In der Lautstärke stetig anwachsend.

„*Verzeihen Sie bitte, Commandant*", sagte der Brigadier, dessen Selbstbewusstsein einen absoluten Tiefpunkt erreicht hatte, „*es liegt wohl daran, dass ich ein wenig nervös bin.*"

„*Aber warum denn, mein lieber Brigadier*", erwiderte Sophie, die den armen Kollegen schrankfertig zusammengefaltet hatte, „*Sie müssen doch nicht nervös sein. Es sei denn, Sie haben etwas zu verbergen.*"

Und unmittelbar danach: *„Haben Sie?"*

„Nein, Commandant", antwortete der Brigadier, und Sophie beendete das Geplänkel mit den Worten:

„Dann ist ja alles gut."

Sophie sah in die vor ihr liegende Akte und tat so, als wäre sie auf etwas gestoßen. Dann fragte sie unvermittelt:

„Stimmt es, dass Sie mit Lieutenant Cassel privat befreundet waren?"

Brigadier Abril sah von Sophie zu René, und dann wieder zurück zu Sophie. Es war offensichtlich, dass er nicht sicher war, was er darauf antworten sollte.

„Ich frage Sie das noch einmal, Brigadier, und ich mache Sie darauf aufmerksam, dass eine Falschaussage in einem Mordfall – nach Paragraph 231 des Code pénal – eine Gefängnisstrafe nach sich ziehen kann."

Und bevor Sophie ihre Fragen wiederholen konnte, drang es aus dem Brigadier in aller Eile heraus:

„Jawohl, Commandant, wir waren befreundet."

„Geht doch", antwortete Sophie, *„und die Antwort auf meine nächsten Fragen hätte ich gern etwas zügiger, Brigadier Abril."*

Und wiederum kam – wie aus der Pistole geschossen – die Antwort:

„Jawohl, Commandant."

Sophie sah mit strengem Blick zu René, der offensichtlich große Mühe hatte nicht zu lachen. Dann fuhr sie mit der Befragung fort.

„Hatten Sie und der Lieutenant Verbindung zum Rotlichtmilieu?"

„Nein", kam die Antwort von Brigadier Abril, dessen Entsetzen absolut glaubhaft schien.

„Zu anderen kriminellen Vereinigungen?", fragte Sophie weiter.

Und wiederum verneinte der Brigadier aufs schärfste.

„Hat der Lieutenant vielleicht gespielt oder irgendwelche Suchtmittel konsumiert?", kam die nächste Frage von Sophie.

„Wir haben gelegentlich tarockiert und ab und zu ein Gläschen getrunken", antwortete der Brigadier, *„aber alles im Rahmen."*

„Wurde der Lieutenant in irgendeiner Form bedroht?", machte Sophie einen letzten Versuch.

Der Brigadier schien einen Augenblick lang nachzudenken, bevor er antwortet:

„*Ist mir nicht bekannt, Commandant*", antwortete der Brigadier, „*Maurice konnte keiner Fliege etwas zuleid tun.*"

Sophie sah dem Brigadier noch einen Moment lang ins Gesicht, bevor sie sagte:

„*Für heute ist es genug, Brigadier. Wenn wir noch Fragen haben, dann melden wir uns. Sie können jetzt gehen.*"

Brigadier Henri Abril erhob sich, und mit einem „*Brigadier Abril meldet sich ab*" verließ er den Raum.

„*Du bist unglaublich*", sagte René, als der Brigadier draußen war, und Sophie erwiderte:

„*Das weiß ich, Capitaine.*"

René lächelte und fragte:

„*Was ist das für ein Paragraph, den du vorhin erwähnt hast?*"

„*Der Paragraph 231?*", fragte Sophie.

René nickte und Sophie fuhr fort:

„*Ich weiß es nicht; ich weiß gar nicht, ob es einen Paragraphen 231 überhaupt gibt.*"

„*Bist du verrückt?*", erwiderte René, „*was ist, wenn der Brigadier nachforscht?*"

„*Da habe ich überhaupt keine Angst*", antworte Sophie, „*der ist heilfroh, dass er dem Martyrium entkommen ist.*"

René sah seine Kollegin an. Das war gerade wieder einmal einer jener Momente, bei denen er bereute, dass er Sophie damals hintergangen hatte.

Er liebte sie noch immer. Und mit ihr hätte er sich sogar eine Ehe vorstellen können. Sophie hatte bemerkt, dass René gedankenversunken war. Sie fragte:

„*Was träumst du gerade, Capitaine? Vielleicht von einer besseren Welt?*"

Am liebsten hätte René geantwortet „*von der Liebe*"; aber das hätte Sophie wohl kaum gefallen.

„*Hat unser Brigadier die Wahrheit gesagt?*", fragte Sophie, und René antwortete:

„*Ich denke schon; auch wenn uns das nicht weitergebracht hat.*"

„*Es muss doch irgendetwas geben, was uns weiterhilft*", sagte Sophie, „*aber was?*"

*****

Als Sophie am nächsten Morgen den Pathologen aufsuchte, begrüßte dieser sie mit den blumigen Worten:

„Das Sonnenlicht tanzt mit leichtfüßigen Schritten über Berg und Tal. Und gerade eben tanzt es bei meiner Tür herein."

„Ist das von Ihnen, M. Professeur?", fragte Sophie, und der Pathologe antwortete:

„Teils, teils, meine Liebe. Der erste Teil ist von einem österreichischen Dichter namens Ferstl, und der zweite Teil ist mir bei Ihrem Anblick in den Sinn gekommen."

„Sind Sie ein Romantiker, M. Professeur?", fragte Sophie, und der Pathologe antwortete:

„Nennen Sie mich bitte Armand, Commandant, und finden Sie es selbst bei einem gemeinsamen Essen heraus."

„War das gerade eine Einladung zu einem Date?", fragte Sophie, und der Pathologe antwortete:

„Ja, aber ich bevorzuge das Wort Rendezvous, wenn Sie erlauben."

Sophie war gerade etwas verwirrt. Sie hatte schon bei ihrer ersten Begegnung mit diesem Mann eine gewisse Magie verspürt, was soeben ihre Bestätigung gefunden hatte.

Armand Perrier drang in Sophies Gedanken, indem er sagte:

„Was führt sie zu mir, Commandant?"

„Wir kommen nicht weiter", antwortete Sophie, die sich unschlüssig darüber war, ob sie den Pathologen mit „Professeur" oder „Armand" ansprechen sollte.

„Könnten Sie sich die Leiche noch einmal vornehmen? Vielleicht finden Sie ja etwas, was Sie bisher übersehen haben."

Der Pathologe dachte kurz nach; dann sagte er:

„An und für sich haben Sie mich gerade in meiner Berufsehre verletzt. So etwas hat bisher noch niemand zu mir gesagt."

Sophie erschrak. Das hatte sie auf keinen Fall beabsichtigt. Sie wollte sich gerade entschuldigen, als der Pathologe sagte:

„Ich will einmal über diese ungeheure Kränkung hinwegsehen und Ihrem Wunsch nachkommen. Aber nur, wenn Sie einer Einladung zum Abendessen zustimmen."

„Das mache ich, Armand", erwiderte Sophie, die sich gerade wie ein Schulmädchen fühlte, weil sie spürte, wie ihr das Blut in den Kopf stieg.

Sophie drehte sich um und verließ eilig den Raum. Sie hörte nur noch Armand sagen:

„Morgen Abend, 19:00 Uhr. Ich werde Sie in Ihrem Hotel abholen."

„Hôtel Le Crocodile", rief Sophie zurück, und Armand antwortete:

„Ich weiß, Sophie."

*****

René ließ seiner Enttäuschung freien Lauf, als er von Sophie erfuhr, dass der Grund, warum sie ihn nicht ins Kino begleiten wollte, Prof. Armand Perrier hieß.

Er hatte zwei Karten für ein Remake des Films „Titanic" besorgt, welcher mit den Youngsters Célestine Durant und Fréderic Laurier gerade durch die Decke ging.

„Schämst du dich nicht", brachte René seinen ganzen Frust darüber zum Ausdruck, *„der Mann könnte dein Vater sein."*

„Du begreifst es wohl nie, René", konterte Sophie, *„zwischen uns ist nur noch Freundschaft. Und wenn*

du mit dem Mist nicht aufhörst, dann verspielst du auch diese noch."

René wischte Sophies Bemerkung mit einer Handbewegung weg und sagte trotzig:

„Dann eben nicht; ich wünsche Dir einen schönen Abend mit dem alten Mann!"

Sophie ließ diese Provokation unbeantwortet. René tat ihr ganz einfach nur leid. Er wollte sich mit der Situation partout nicht abfinden, obwohl sie ihm schon hundertmal erklärt hatte, dass sie nicht mehr zusammenkommen würden.

Als sie später im Auto neben Armand saß, beschäftigte sie der Vorfall noch immer.

„Sie sind so still, Sophie", sagte Armand, *„beschäftigt Sie etwas?"*

Sophie überlegte einen kurzen Moment lang, ob sie mit Armand darüber reden sollte, beschloss aber es nicht zu tun. Stattdessen sagte sie:

„Es war ein anstrengender Tag, und ich möchte ihn gern hinter mir lassen. Lassen Sie uns den Abend einfach genießen."

„Nichts lieber als das", antwortete Armand, *„und alles, was ich dazu beitragen kann, wird geschehen."*

Sophie blickte Armand von der Seite an. Ihr gefiel sein markantes Profil, und sie liebte seine Stimme. Sie hatte etwas Beruhigendes, fast Väterliches an sich.

Jetzt musste Sophie lächeln. Ihr fiel wieder die Bemerkung von René ein, *„dass Armand ihr Vater sein könnte."*

„Und wenn er zehnmal mein Vater sein könnte, wäre es mir egal", dachte sie sich, *„ich glaube, ich bin in diesen Mann verliebt."*

Das „Louis d'Or" war ein Sternelokal im „Val du Soleil", unweit der Stadt und ein Mekka für jeden Gourmet.

Als Sophie bei ihrer Ankunft den Namen las, sagte sie spontan:

„Für so eine Lokalität bin ich überhaupt nicht richtig angezogen."

Armand lächelte und erwiderte:

„Ein jedes Gewand, und sei es über und über mit Perlen und Edelsteinen besetzt, würde neben Ihrer Anmut und Ihrer Schönheit verblassen."

„Deine Worte sind reine Magie", sagte Sophie, und Armand antwortete:

„Dann hänge sie dir um wie ein Kleid, das du glaubst nicht zu haben und lass uns hineingehen."

„Bon soir, Madame, bon soir, Monsieur Professeur!"

Mit diesen Worten begrüßte der Chef de Rang die neuen Gäste. Danach geleitete er Sophie und Armand zu ihrem Tisch.

„Es ist schön, dass Sie uns wieder einmal die Ehre geben", sagte der Chef de Rang, als sie Platz genommen hatten und reichte danach den Gästen die Karte.

Als er sich wieder entfernt hatte, sagte Sophie:

„Sind Sie so etwas wie ein Stammgast oder ein VIP?"

„Keines von beiden", antwortete Armand, *„der Chef de Rang ist mein Cousin."*

Jetzt war Sophie in höchstem Maße erstaunt.

„Und warum siezt er Sie dann, wenn er doch mit Ihnen verwandt ist?"

„In einem solchen Etablissement wäre es mehr als unschicklich, wenn ein Bediensteter einen Gast mit DU anreden würde", sagte Armand. *„Er müsste sogar seine Mutter oder seinen Sohn mit SIE anreden."*

„Ja, wenn das so ist…", sagte Sophie, die zwar die Worte von Armand deutlich vernommen hatte, aber sich schwer damit tat sie auch zu verstehen.

„Waren Sie ab und zu auch mit Ihrer Gattin hier?", fragte Sophie in der festen Überzeugung, dass Armand geschieden war. Etwas anderes hätte sie mit dem Bild, dass sie von Armand hatte, nicht vereinbaren können.

„Einige Male vor der Geburt von Emilie; später dann nicht mehr", antwortete Armand.

Sophie wollte weiterfragen, hielt sich aber zurück, als sie in das traurige Gesicht von Armand blickte. Eine Mauer des Schweigens begann sich gerade zu bilden, welche von Armand jedoch im selben Augenblick durchbrochen wurde, als Sophie ihre Hand auf seinen Arm legte.

„Emilie ist meine Tochter. Ihre Mutter ist bei ihrer Geburt gestorben. Ich habe Emilie von ihrer Großmutter erziehen lassen, weil ich ihren Anblick nicht ertragen konnte.

Sie hat mir das lange nicht verziehen. Inzwischen ist sie erwachsen und etwa in deinem Alter."

Armand hatte bemerkt, dass er Sophie gerade geduzt hatte und entschuldigte sich dafür.

„Bitte, verzeihen Sie, Sophie, dass ich Sie geduzt habe. Es ist zwar alles lange her; aber die Erinnerung schmerzt noch immer."

„Das ist schon in Ordnung, Armand", antwortete Sophie, *„wir können es gern dabei belassen."*

„*Vielen Dank, Sophie*", antwortete Armand, „*aber jetzt ist Schluss mit trüben Gedanken. Lass uns den restlichen Abend bei gutem Essen und herrlichem Wein genießen.*"

Als Armand die zweite Flasche Wein bestellte, äußerte Sophie ihre Bedenken:

„*Denkst du daran, dass du noch Auto fahren musst?*"

„*Wir fahren erst morgen früh zurück*", antwortete Armand und lächelte Sophie dabei liebevoll an.

Sophie wurde zunehmend verunsichert. Was sich da gerade zu entwickeln schien, machte ihr ein wenig Angst.

„*Ich weiß, dass du mich begehrst*", begann sie stockend, „*und ich sehne mich ebenso nach dir. Es ist nur so, dass es meine Arbeit behindern würde, wenn ich deinem und auch meinem Wunsch nachgeben würde.*"

„*Du kannst das sicher nicht verstehen und es tut mir auch leid*", wollte Sophie fortfahren, als sie von Armand unterbrochen wurde:

„*Stopp, Commandant!*", sagte Armand lächelnd, „*nehmen Sie bitte zur Kenntnis, dass ich zwei Einzelzimmer für uns gebucht habe.*"

Und nach einer kurzen Pause:

„Wie du siehst, sind deine Bedenken unbegründet, liebste Sophie."

„Du bist ein unglaublicher Mann, Armand", sagte Sophie, *„und ein ganz besonderer Mensch."*

„Ich weiß, Sophie", antwortete Armand, dessen Lächeln tief in die Seele von Sophie eindrang.

Als sie gegen Mitternacht vor dem Zimmer von Sophie standen, gab Armand Sophie einen Kuss auf die Stirn und sagte:

„Komm bitte morgen mit deinem Capitaine zu mir ins Institut; ich habe ein Geschenk für euch."

Sophie nickte nur. Sie sah Armand an, der wie ein Ritter in seiner schimmernden Rüstung vor ihr stand und sagte dann:

„Ich liebe dich, Armand Perrier, mein Held. Und ich freue mich schon jetzt auf unsere erste gemeinsame Nacht. Möge sie nicht mehr allzu fern sein!"

Danach gab sie Armand einen langen Kuss auf den Mund, sperrte die Tür auf und ließ einen glücklichen Menschen zurück.

*****

„Guten Morgen, Commandant, guten Morgen, Capitaine!"

Ein gut gelaunter Pathologe begrüßte die beiden mit großer Herzlichkeit und bat sie ihm zu folgen. Er führte sie zu einem großen Bildschirm, der an der Wand hing und zeigte ihnen, was er entdeckt hatte.

„Ich habe mir die Wunden im Gesicht des Toten mit der Lupe noch einmal ganz genau angesehen und bin auf dieses Detail gestoßen."

Professor Perrier umriss mit einem Laserpointer eine der Wunden im Gesicht, welches auf dem Bildschirm stark vergrößert dargestellt war, und fügte hinzu:

„Dieser Abdruck der Wunde stammt eindeutig von einem Ring. Es handelt sich entweder um ein eingraviertes Wappen oder um einen Tierkopf."

Bevor Sophie ihrer Begeisterung Ausdruck verleihen konnte, sagte René:

„Das ist ja super. Jetzt müssen wir nur noch den ominösen Ringträger suchen. Davon gibt es ja Gott sei Dank nicht allzu viele."

Der Sarkasmus von René war dem Pathologen wohlweislich nicht entgangen; er ignorierte ihn jedoch.

„Dann können wir wohl jetzt gehen", legte René nach.

„*Es steht Ihnen natürlich frei zu gehen, Capitaine*", sagte der Pathologe. „*Ich kann den Rest auch gern Ihrer Vorgesetzten erläutern.*"

Das Wort „Vorgesetzte" drang wie ein Stachel tief in den verletzten Stolz von René ein. Der Pathologe hatte klar erkennbar den Fehdehandschuh aufgenommen.

„*Was haben Sie noch gefunden, M. Professeur?*", versuchte Sophie die Wogen zu glätten, und der Pathologe antwortete:

„*Ein Haar auf dem Kopf des Toten.*"

René lachte schallend und sagte:

„*Ich wusste gar nicht, dass der Lieutenant so wenig Haare auf dem Kopf hatte.*"

Der Pathologe konnte sich nicht verkneifen zu antworten:

„*Und ich wusste nicht, dass Sie so wenig Hirn haben, Capitaine. Und jetzt verlassen Sie augenblicklich diesen Raum. Ich werden Ihr ungebührliches Verhalten und die mir entgegengebrachte Respektlosigkeit auf keinen Fall tolerieren.*

Sie sind eine Schande für den ganzen Berufsstand, und ich bin sicher, der Präfekt sieht das genauso."

René zuckte zusammen. Der Gesichtsausdruck des Pathologen ließ keinen Zweifel zu, dass jedes Wort, das er gerade gesagte hatte, auch so gemeint war.

Er wollte gerade zurückrudern, als der Pathologe mit einer herrischen Geste brüllte:

„Gehen Sie! Machen Sie, dass Sie fortkommen!"

René verließ den Raum wie ein geprügelter Hund. Ihm war völlig klar, dass er den Bogen gerade maßlos überspannt hatte.

Sophie war leicht verunsichert. Der Mann, der gerade ihren Kollegen hinausgeworfen hatte, war nicht der, den sie noch Stunden vorher geküsst hatte.

„Es tut mir sehr leid, Sophie", sagte der Pathologe, *„aber ich verstehe nicht, wie ein hirnverbranntes Wesen wie der Capitaine Polizist sein kann."*

„Mir tut es leid, Armand", entgegnete Sophie, *„aber es gibt einen Grund für sein Verhalten. Das entschuldigt es natürlich nicht, und ich werde dir gern später einmal den Grund dafür verraten.*

Aber jetzt verrate du mir erst einmal, was es mit dem Haar auf sich hat."

„Das Haar, das ich zwischen den Haaren des Toten gefunden habe, ist kein menschliches Haar."

„Ein Tierhaar?", fragte Sophie überrascht.

60

„Ja", antwortete Armand, „ich vermute einmal, es ist ein Pferdehaar."

„Dann könnte die Gravur des Ringes einen Pferdekopf darstellen?", fragte Sophie begeistert.

„Ich denke schon", antwortete der Pathologe.

„Du bist ein Genie", sagte Sophie und gab Armand einen Kuss.

„Willst du den Vorfall wirklich dem Präfekten vortragen?", fragte sie dann ganz vorsichtig.

„Aber nein", antwortete Armand lachend, „ich kenne den Mann gar nicht. Aber Hauptsache, der Capitaine glaubt das. Und sage ihm das bitte nicht; er soll ruhig ein wenig schwitzen."

„Wie ich schon sagte", erwiderte Sophie erleichtert, „du bist ein Genie."

Als sie wieder in ihrem Dienstzimmer zurück war, wurde sie schon sehnsüchtig von René erwartet.

„Du musst den alten Zausel zur Vernunft bringen, nicht dass er wirklich noch zum Präfekten rennt."

„Zu spät, René", antwortete Sophie, „als ich ihn verließ, hat er sich bereits mit dem Präfekten verbinden lassen."

Sophie verstand gerade nicht, wie ein Mensch so dumm und dreist sein konnte ein solches Ansinnen an sie zu stellen, zumal René zumindest ahnen musste, dass zwischen ihr und dem Pathologen etwas am Laufen war.

*****

Befragung von Brigadier Thomas Mercier

„Ihre Kollegen haben schon einiges zur Erhellung unserer Untersuchung beigetragen“, eröffnete Sophie die Befragung von Brigadier Mercier und fuhr dann fort:

„Es ist wirklich erstaunlich, zu welchen Dingen der Homo sapiens fähig ist; finden Sie nicht auch?“

Brigadier Mercier zögerte einen Moment lang mit der Antwort, sagte dann aber:

„Ich war von Anfang an dagegen, und ich wollte auch nicht mitmachen; aber dann…“

Wieder zögerte der Brigadier, und Sophie fragte geistesgegenwärtig, ohne zu wissen, wohin es führen würde:

„Warum haben Sie mitgemacht, obwohl Sie wussten, dass es nicht richtig war?“

„*Ich habe das Geld gebraucht*", antwortete Brigadier Mercier mit schuldbewusster Mine.

Sophie schaute den Brigadier an und überlegte. Sie fragte sich, um was es hier eigentlich ging. Vorsichtig fragte sie weiter:

„*Wir haben alle schon einmal etwas Dummes gemacht, Thomas; aber dann muss man auch dazu stehen, finden Sie nicht auch?*"

Der Brigadier nickte. Er freute sich in diesem Augenblick sehr darüber, dass er einer so einfühlsamen Person gegenübersaß.

„*Erleichtern Sie Ihr Gewissen, Thomas, und erzählen Sie von Anfang an, wie das alles begonnen hat.*"

Als Sophie das sagte, ahnte sie noch nicht einmal, dass sie unbewusst einen Schneeball den Berg hinuntergerollt hatte, der sich zu einer Lawine ausweiten werden würde.

„*Als Marion fragte, ob ich mitmachen wolle, habe ich zuerst abgelehnt*", begann der Brigadier, der jedoch von Sophie vehement unterbrochen wurde.

„*Meinen Sie Lieutenant Marion Dubois?*"

„*Ja*", antwortete der Brigadier, „*sie hat mich dazu überredet.*"

Bei Sophie begannen die Alarmglocken zu schrillen.

„*Erzählen Sie mir Genaueres zu dieser Idee*", sagte Sophie und fügte hinzu:

„*Ihre Kollegen haben mir schon davon berichtet, aber ich möchte es gern aus Ihrem Mund hören, Thomas.*"

Der Bluff funktionierte. Aus dem schuldbewussten und sichtlich reuigen Brigadier sprudelte es förmlich heraus. Es schien, als wäre er froh darüber sich von einer Last befreien zu können, welche ihm schon längere Zeit auf den Schultern gelastet hatte.

Er erzählte, dass der Lieutenant Dubois einen Schwager hätte, der in einer Druckerei arbeitet. Von ihm hätte er die gefälschte Strafzettel und die Quittungsblocks drucken lassen.

Der einzige Unterschied zu den echten Formularen wäre lediglich das Fehlen des eingedruckten Polizeisiegels und des Wasserzeichens gewesen.

„*Und was haben Sie mit den Formularen gemacht?*", fragte Sophie weiter, und als der Brigadier diese Frage nicht auf Anhieb verstand, setzte sie nach:

„*Wie und wo haben Sie die falschen Formulare eingesetzt?*"

„*Am meisten da, wo Geschwindigkeitsbeschränkungen waren, wie bei Baustellen oder in verkehrsberuhigten Zonen*", antwortete der Brigadier.

Dann stellte Sophie die heikelste Frage:

„Ihre Kollegen haben uns schon die Namen derer gesagt, die daran beteiligt waren. Da die Namen aber nur teilweise übereinstimmen, möchte ich Sie bitten die Namen noch einmal zu nennen."

Und dann ließ Brigadier eine Bombe platzen.

„Das waren der Brigadier Camus, Brigadier Abril, Lieutenant Dubois, Lieutenant Cassel und ich."

„Sind Sie sicher, dass Lieutenant Cassel mit von der Partie war?"

Sophie war aufgesprungen, als sie das sagte.

„Absolut", antwortete Brigadier Mercier, *„aber der ist ja leider schon gestorben."*

„Lieutenant Cassel ist nicht gestorben, Brigadier, er wurde ermordet. Er wurde regelrecht hingerichtet."

Sophie hatte es förmlich hinausgeschrien.

Der Brigadier erschrak und sagte:

„Es tut mir leid; das wusste ich nicht."

„Sie wussten nicht, dass Lieutenant Cassel ermordet wurde?", fragte Sophie, und der Brigadier antwortete:

„Ich schwöre, ich habe das nicht gewusst."

„Das Schwören können sie Sich für das Gericht aufheben", sagte Sophie, die von der Echtheit des Betroffenseins, welches der Brigadier ausstrahlte, überzeugt war.

„Hat sich das Abzocken der Verkehrsteilnehmer überhaupt für so viele Beteiligte gelohnt?", fragte Sophie, und zu ihrer großen Überraschung antwortete der Brigadier:

„Auch wenn man sich das kaum vorstellen mag, es hat sich durchaus gelohnt."

Der Brigadier bereute diese Worte, die er nicht ohne Stolz von sich gegeben hatte, im selben Moment. als er in das Gesicht von Sophie sah.

Es spiegelten sich Abscheu und eine tiefe Verachtung darin. Der Brigadier machte einen zaghaften Versuch um Schadensbegrenzung.

„Ich bereue, dass ich da mitgemacht habe, und ich wünschte, ich könnte es ungeschehen machen."

Sophie wollte den Brigadier gerade auffordern den Raum zu verlassen, als ihr eine letzte Frage einfiel:

„Sie haben vergessen den Brigadier Meunier aufzuzählen".

„Nein, habe ich nicht", antwortete Brigadier Mercier, *„der gehörte nicht dazu."*

„*Aber gewusst hat er schon davon?*", setzte Sophie nach.

„*Ganz sicher nicht*", antwortete Brigadier Mercier, aber Sophie musste daran denken, dass Didier Meunier schließlich dabei war, als sie auf der Autobahn abgezockt wurde und sagte daher:

„*Ich selbst wurde Opfer dieser dreisten Masche. Brigadier Meunier war damals einer der beiden Beamten, die mich auf betrügerische Weise abzocken wollten.*"

„*Wer war denn damals der andere?*", fragte der Brigadier und Sophie antwortete:

„*Brigadier Abril.*"

„*Ach so*", antwortete Brigadier Mercier, so als würde das alles erklären, „*der hat auch sicher die Verhandlung geführt und nicht Meunier.*"

Sophie hätte beinahe über den Ausdruck „Verhandlungen" lächeln müssen, wäre die Situation nicht zu bizarr gewesen.

„*Sie können jetzt gehen, Brigadier*", sagte Sophie, „*und bewahren Sie Stillschweigen über das, was wir hier drinnen gesprochen haben. Ist das klar?*"

Den letzten Teil hatte sie mit Nachdruck ausgesprochen, um zu verhindern, dass den anderen bewusst werden würde, dass sie jetzt von den Betrügereien und der Mittäterschaft des Ermordeten Kenntnis hatte.

*****

„Sie haben mich rufen lassen", sagte Sophie, nachdem sie das Zimmer von Commissaire Garnier betreten hatte.

„Nehmen Sie Platz, Commandant", sagte der Commissaire, *„und bringen Sie mich auf den neusten Stand Ihrer Ermittlung."*

„Ich fürchte, es wird Ihnen nicht gefallen, was ich herausgefunden habe", antwortete Sophie in einem leicht süffisanten Unterton.

„Was heißt das, Commandant?", sagte der Commissaire, *„heißt das, Sie treten in dem Mordfall auf der Stelle?"*

„So möchte ich das nicht sagen, Commissaire", antwortete Sophie, und der Commissaire, dessen bisher gute Laune sich ihrem Ende zu neigen drohte, sagte leicht gereizt:

„Ich erwarte von Ihnen augenblicklich einen präzisen Bericht, Commandant!"

„Jawohl, Commissaire", antwortete Sophie, welche die klaren Zeichen, welche auf Ungemach hindeuteten, klar erkannt hatte.

Es juckte sie dennoch so sehr, dass sie nicht umhin konnte die Worte auszusprechen, auf welche sie sich insgeheim doch schon so gefreut hatte.

„Sie sind das Oberhaupt einer Betrügerbande, Commissaire."

„Waaas?"

Die Augen des Commissaire traten beinahe aus ihren Höhlen, und die Zornesadern im Gesicht drohten zu zerbersten.

„Sind Sie total übergeschnappt mir so etwas zu sagen?", herrschte er Sophie an, und Sophie nahm noch einmal all ihren Mut zusammen und antwortete:

„Ein kleiner Teil Ihrer Beamten stellt gefälschte Strafmandate aus und bereichert sich damit."

Der Commissaire schaute Sophie fassungslos an.

Dann erzählte Sophie dem Commissaire die ganze Geschichte, bat ihn aber zugleich die Füße stillzuhalten und die betroffenen Beamten zurzeit nicht zur Verantwortung zu ziehen.

„Und warum nicht?", fragte der Commissaire, und Sophie antwortete:

„Der Verdacht erhärtet sich, dass der Mord an Lieutenant Cassel damit zusammenhängt, zumal er ein Teil dieser Betrügerbande war."

„Das ist ungeheuerlich", sagte der Commissaire, „und das direkt vor meiner Nase."

„Wie haben Sie das herausgefunden", fragte er dann, und Sophie antwortete:

„Mit Hilfe von Commissaire Coïncidence."

"Sie sind eine tüchtige, junge Frau, Sophie", sagte Commissaire Garnier, „bitte, entschuldigen Sie, dass ich vorhin kurz die Fassung verloren habe."

„Das war ja zum Teil auch ein wenig meine Schuld", antwortete Sophie, „und bitte entschuldigen Sie Ihrerseits meine Respektlosigkeit Ihnen gegenüber."

Commissaire Garnier sah Sophie eine Weile nur an. Er mochte diese taffe Person, auch wenn ihre Wortwahl zuweilen etwas gewöhnungsbedürftig war.

„Schwamm drüber, Commandant", sagte der Commissaire, „und jetzt gehen Sie und lösen Sie den Mord, damit ich mir so bald wie möglich die Mitglieder meiner Betrügerbande persönlich vorknöpfen kann."

Sophie lachte. Sie stand auf, reichte dem Commissaire die Hand und sagte:

*„Ich verspreche Ihnen den Fall so rasch wie mög-
lich zu Ende zu bringen. "*

„Davon bin ich fest überzeugt, Sophie", antwortete
der Commissaire, *„merci et bonne chance! "*

*****

Sophie freute sich darüber, dass Brigadier Didier
„Didi" Meunier nicht zu der Bande gehörte, welche
sich am Staat durch betrügerische Machenschaften
bereicherte.

Sie mochte den jungen Kollegen, und sie hätte es
bedauert, wenn er sich durch eine große Torheit seinen Berufsweg verbaut hätte.

*„Bring mir bitte die Personalakten unserer fünf
Betrüger",* sagte Sophie, *„ich muss sie mir einmal
genauer ansehen. "*

„Suchen Sie nach etwas ganz Bestimmten? ", fragte
der Brigadier.

„Ich weiß es noch nicht, Didi", antwortete Sophie
und kurz darauf:

*„Oder doch; ich suche jemanden mit einem auffäl-
ligen Ring. "*

„*Bernard hat einen tollen Ring*", sagte der Brigadier, „*vielleicht ist er derjenige, den Sie suchen, Commandant.*"

„*Meinst du den Brigadier Camus?*", fragte Sophie aufgeregt.

„*Ja, Commandant*", antwortete der Brigadier, der inzwischen an der Koseform seines Vornamens Gefallen fand.

„*Komisch*", sagte Sophie, „*der ist mir bei der Befragung gar nicht aufgefallen.*"

„*Vielleicht hat er ihn an diesem Tag einfach nicht getragen*", bemerkte der Brigadier.

„*Didi, aus dir wird noch ein richtiger Kriminalist*", sagte Sophie und das Gesicht von Brigadier Didier Meunier wurde gerade von einer zarten Rötung heimgesucht. Für den Commandant würde er durchs Feuer gehen, darüber gab es nicht den geringsten Zweifel.

Sophie griff zum Telefon. Sie wählte die Nummer von Commissaire Garnier, und als er sich meldete, sagte sie:

„*Ich brauche Ihre Hilfe, Commissaire. Können Sie mir auf dem kurzen Dienstweg eine Kopie der Geburtsurkunde und der Heiratsurkunde von Brigadier Camus besorgen?*"

Und noch bevor der Commissaire darauf antworten konnte, fuhr Sophie fort:

„Ich werde Ihnen das alles später erklären; aber jetzt wäre wichtig, dass es schnell geht."

„Sie bekommen, was Sie wünschen", antwortete der Commissaire, *„ich mache es, weil ich Ihnen vertraue. Bitte, enttäuschen Sie mich nicht."*

„Ganz sicher nicht, Monsieur le Commissaire", antwortete Sophie, *„und danke!"*

Nachdem Sophie aufgelegt hatte, fragte Didi Meunier:

„Was hat es mit dem Ring auf sich, und warum wollen Sie die Geburtsurkunde und die Heiratsurkunde von Bernard?"

„Das wirst du schon noch erfahren, mein tüchtiger Brigadier", antwortete die gut gelaunte Sophie, *„aber vorerst kein Wort, hast du verstanden? Zu niemandem."*

„Ich werde schweigen wie ein Grab, Commandant", antwortete der Brigadier, dessen Verehrung für Sophie gerade um ein gewaltiges Stück gewachsen war.

*****

Sophie und René hatten die Personalakten der fünf Polizisten durchgesehen, jedoch ohne auf einen weiterführenden Hinweis zu stoßen.

Ihre ganze Hoffnung ruhte nun auf der Befragung von Brigadier Camus.

*****

Weitere Befragung von Brigadier Bernard Camus

„Können Sie sich vorstellen, warum wir Sie noch einmal zu einer Befragung einbestellt haben?", fragte Sophie, und der Brigadier antwortete:

„Noch nicht einmal ansatzweise, Commandant."

„Dann werde ich es Ihnen sagen, Brigadier", antwortete Sophie. Sie machte eine kleine Pause, bevor sie fortfuhr.

„Sind Sie im Besitz eines Ringes?"

Der Brigadier schaute Sophie erstaunt an und antwortete:

„Ja, der hier."

Mit diesen Worten streckte er Sophie seine Hand entgegen, um auf einen Ehering hinzuweisen, den er trug.

„Das meine ich nicht, Brigadier", sagte Sophie, *„und das wissen Sie auch ganz genau."*

Das Gesagte und auch die harsche Art, wie Sophie es gesagt hatte, verwirrte den Brigadier ein weiteres Mal.

„Ich weiß nicht, was Sie meinen", entgegnete er und schaute hilfesuchend zu Capitaine Boulanger.

„Das wissen Sie sehr wohl; Brigadier", unterstützte jetzt Capitaine Boulanger seine Kollegin.

„Nein, weiß ich nicht", wiederholte der Brigadier.

Sophie hatte nicht erwartet, dass Bernard Camus so einfach einknicken würde. Sie beschloss einen Frontalangriff zu starten und fragte:

„Warum tragen Sie ihren schönen Ring nicht mehr, Brigadier?"

Der Brigadier täuschte nun die totale Verzweiflung vor, und er schrie förmlich hinaus:

„Ich weiß nicht, was Sie meinen, und ich habe auch keinen anderen Ring als den, den ich am Finger trage."

Zur Bekräftigung seiner Behauptung streckte er Sophie wiederholt seine Hand mit dem Ehering entgegen.

Sophie zeigte sich völlig unbeeindruckt von der Vorstellung und sagte in ruhigem Ton:

„Während wir hier so angeregt plaudern, sind bereits Kollegen bei Ihnen zuhause und stellen alles auf den Kopf. Und glauben Sie mir, Brigadier, die finden den Ring."

„Das dürfen Sie gar nicht ohne richterlichen Beschluss", schrie Bernard Camus, und Sophie antwortete:

„Da haben Sie völlig recht, Brigadier. Nur gut, dass wir den vorher besorgt haben."

René rief zwei Beamte herein und sagte dann zu Bernard Camus, der einem Zusammenbruch nahe schien:

„Brigadier Camus, ich nehme Sie vorläufig fest wegen des Verdachts den Lieutenant Maurice Cassel heimtückisch ermordet zu haben."

Als der Brigadier das hörte, verfiel er in einen Weinkrampf und ließ sich von den zwei Beamten willenlos abführen.

„Ich denke, wir haben unseren Täter", sagte Sophie, und René pflichtete ihr bei.

*****

Die Enttäuschung war groß, als feststand, dass die Hausdurchsuchung nichts ergeben hatte. Zu der Enttäuschung gesellte sich noch der Besuch von Maître Perrac hinzu, der den Verdächtigen aus seiner Haft befreite, zumal noch nicht einmal Indizien vorlagen.

„Es tut mir leid", sagte Brigadier Meunier, als er von der Pleite erfahren hatte. *„Ich bin mir so sicher, dass ich mich nicht geirrt habe."*

„Mach dir keinen Kopf, Didi", kamen die tröstenden Worte von Sophie, *„wahrscheinlich hat er den Ring schon lägst entsorgt."*

„Aber wie soll er davon gewusst haben?", fragte Didier Meunier, und René sagte:

„Das wüsste ich auch gern."

„Wir haben ja noch das Haar von dem Pferd", sagte Sophie, *„vielleicht bringt uns ja das weiter."*

„Weißt du, ob einer der Kollegen von einem Reiterhof stammt oder aus einer Landwirtschaft kommt?", fragte Sophie den Brigadier.

Didier dachte nach, es fiel ihm aber nichts dazu ein.

„Ein Hobbyreiter vielleicht?", versuchte René sein Glück.

„*Ich glaube, die Kinder von Marion bekommen Reitunterricht*", sagte Didier freudenstrahlend, als hätte er gerade den Stein des Weisen gefunden.

„*Na bravo*", sagte Sophie, „*da haben wir ja wieder eine heiße Spur.*"

„*Dann wollen wir uns die Dame noch einmal vorknöpfen*", sagte Sophie, die sich schwer tat ihre Freude darüber zu verbergen.

*****

Erneute Befragung von Lieutenant Marion Dubois

„*Ihre Sehnsucht nach mir muss ja wirklich riesengroß sein*", sagte Marion Dubois, als sie Sophie gegenübersaß.

Ihre Arroganz war zurückgekehrt. Es nagte noch immer an ihr, dass sie bei der ersten Befragung so von Sophie vorgeführt worden war.

„*Ich weise Sie darauf hin, dass Sie noch immer der Wahrheit verpflichtete sind, Lieutenant*", sagte Sophie.

„*Die Wahrheit und nichts als die Wahrheit*", spöttelte Marion Dubois, und Sophie entgegnete:

„Haben Sie schon die Vorladung für Ihr Diszipli-narverfahren zugestellt bekommen?"

Marion Dubois erschrak. Sie war der festen Überzeugung, dass diesbezüglich nichts mehr kommen würde, zumal schon einige Zeit seither verstrichen war.

„Nein, Commandant", antwortete sie kleinlaut. Sophie hatte den Lieutenant mit einem simplen Bluff auf Normalmaß zurückgestutzt.

„Bitte haken Sie doch später noch einmal nach, Capitaine", sagte sie zu René, der das Lachen verbeißen musste, *„ich möchte, dass die Angelegenheit vorangeht."*

„Jawohl, Commandant", antwortete René zackig, und spätestens jetzt hatte Sophie Marion Dubois da, wo sie sie haben wollte.

„Sie haben Familie, Lieutenant?", fragte Sophie, und Marion Dubois antwortete:

„Jawohl, Commandant."

„Haben Sie auch Kinder?"

Und wieder antwortete Marion Dubois:

„Jawohl, Commandant, Zwillinge: Christine und Marie-Claire, beide 11 Jahre alt."

„*Das ist schön*", sagte Sophie, „*Kinder sind etwas Wunderbares. Sie ärgern ihre Eltern zwar manchmal; aber sie machen auch viel Freude.*

Wie ist das mit Christine und Marie-Claire? Machen Sie viel Freude oder sind sie zwei Wildpferde?"

Der Lieutenant wollte gerade auf die Frage eingehen, als Sophie hinterherschickte:

„*Apropos Wildpferde. Ich habe gehört, Ihre Kinder bekommen Reitunterricht. Alle Mädchen lieben Pferde. Ist das nicht so, Marion?*"

Marion Dubois wurde gerade schwindelig. Sie hatte große Mühe mit den Ausführungen von Commandant Brasseur Schritt zu halten.

„*Ist das nicht furchtbar teuer, Marion?*", fragte Sophie weiter. Sie hatte erst gar nicht auf die Beantwortung ihrer Frage gewartet.

Dass sie den Lieutenant jetzt ständig mit ihrem Vornamen ansprach, war Teil einer Strategie. Sophie wollte eine gewisse Nähe zu dem Lieutenant schaffen, um mehr Druck auf sie ausüben zu können.

„*Sie beantworten meine Frage gar nicht*", sagte Sophie nach einer kurzen Pause, „*geht es Ihnen nicht gut?*"

Und wieder ließ sie dem Lieutenant nicht die Zeit darauf zu antworten. Stattdessen sagte sie:

„Capitaine, seien Sie doch bitte so nett und holen dem Lieutenant ein Glas Wasser!"

Und zu Marion gewandt:

„Sollen wir vielleicht ein Fenster aufmachen oder möchten Sie, dass wir eine Pause machen?"

„Nein danke, es geht schon", antwortete der Lieutenant und trank gierig das Wasser, welches ihr Capitaine Boulanger gereicht hatte.

„Also gut", sagte Sophie, *„dann können wir jetzt weiter machen."*

Sie warf einen langen Blick in die Personalakte von Marion Dubois und sagte dann:

„Ich frage mich gerade, wie Sie das finanziell stämmen. Vor nicht allzu langer Zeit Bezug eines Eigenheims, Reitunterricht für zwei Kinder, und das alles mit dem Gehalt eines Lieutenants.

Wie ich sehe, sind Sie geschieden, Marion, was mir persönlich natürlich leidtut. Aber vielleicht zahlt der geschiedene Ehemann ja üppige Alimente…"

Sophie hatte diese Worte in einer sehr langsamen, bedächtigen Art zelebriert und schaute jetzt erwartungsvoll in das Gesicht von Lieutenant Marion Dubois.

„*Warum sind Sie so gemein zu mir, Commandant?*", fragte Marion Dubois, „*was habe ich Ihnen denn getan?*"

„*Wir sind hier nicht bei einem Kaffeekränzchen, Madame*", antwortete Sophie mit scharfem Ton, „*hier geht es um den Mord eines Kollegen.*"

„*Und was habe ich damit zu tun?*", fragte Marion Dubois, die gerade wieder Boden unter den Füßen zu bekommen schien.

„*Nun, das hätte ich gern von Ihnen gewusst*", antwortete Sophie, die allmählich Zweifel daran hegte, ob dieses Katz- und Mausspiel überhaupt zu einem brauchbaren Ergebnis führen würde.

Für einen kurzen Augenblick schauten sich die beiden Frauen einfach nur an. Dann sagte Sophie:

„*Sie können gehen, Lieutenant, ich werde Sie später noch einmal befragen.*"

„*Immer wieder gern, Commandant*", antwortete Marion Dubois und verließ das Zimmer in dem Gefühl als Sieger zu gehen.

Sophie sah zu René, der mit einem Achselzucken dokumentierte, dass er von dem Ergebnis der Befragung genau so wenig begeistert war wie Sophie.

„*Machen wir Schluss für heute, Sophie*", sagte René und ging hinaus. Sophie nahm den Hörer ab und wählte die Nummer von Professor Perrier.

„*Hättest du Zeit für mich, Armand?*", fragte Sophie, „*ich brauche dringend jemanden, der mich in den Arm nimm.*"

„*Ich bin in ein paar Minuten bei dir, Sophie*", antwortete der Pathologe, „*und dann fahren wir zu mir. Ich werde etwas für uns kochen, dann geht es dir gleich wieder besser; du wirst schon sehen.*"

„*Und in den Arm nimmst du mich nicht?*", fragte Sophie.

„*Natürlich mein Liebling*", antwortete Armand, „*das gibt es dann zum Dessert.*"

*****

„*Wo hast du so gut kochen gelernt?*", fragte Sophie; aber Armand gab keine Antwort. Er hatte sich schon während des Essens eigenartig verhalten.

„*Warum antwortest du nicht?*", fragte Sophie weiter, „*was ist los?*"

„*Was ist los, was ist los?*", wiederholte Armand, „*ich bin beleidigt; das ist los.*"

Jetzt verstand Sophie überhaupt nichts mehr.

„Ich habe deine Kochkunst gerade in den höchsten Tönen gelobt, ich habe mein Tellerchen brav leergegessen, und du bist jetzt beleidigt?", sagte Sophie, der aufgefallen war, dass Armand sich heftig dagegen wehrte nicht lachen zu müssen.

Sophie sah Armand ins Gesicht. Sie liebte es, und sie mochte es sehr wie er lachte. Es war ein offenes, tief aus der Seele kommendes Lachen.

„Mein Gott", sagte sie plötzlich laut, *„ich bin so schrecklich. Kannst du mir bitte verzeihen?"*

Sophie stand auf, ging um den Tisch herum und umarmte Armand. Dann küsste sie ihn lange auf den Mund.

„Warum hast du das getan?", fragte sie dann, und Armand antwortete:

„Er hat ausgedient. Jetzt, da mich ein himmlisches Wesen ins Leben zurückgeholt hat, brauche ich mich nicht mehr hinter ihn zu verstecken. Und außerdem küsst es sich besser ohne, findest du nicht auch?"

„Viel besser, mein Liebling", antwortete Sophie, *„weißt du übrigens, dass man dich <Professor Moustache>[1] genannt hat?"*

„Ich weiß", antwortete Armand, und Sophie fragte:

---

[1] Schnauzbart

„Hat dich das geärgert?"

„Aber nein", antwortete Armand, „das ist doch eher eine liebenswerte Bezeichnung für einen älteren Herrn.

Aber jetzt hole ich uns erst einmal einen Cognac und dann erzählst du, was dich bedrückt."

„Wie kommst du darauf, dass mich etwas bedrückt?", fragte Sophie, die ihr eigentliches Anliegen völlig verdrängt hatte. Es war die Geborgenheit, welche Armand ihr vermittelte.

„Weil Liebende das voneinander spüren sollten. Sie kommunizieren auch nonverbal und das ist ein kostbares Gut, welches Menschen gern auch wieder vergessen, wenn sie es nicht ständig pflegen."

„Das darf uns niemals passieren, Liebster", sagte Sophie, „versprich mir das Armand."

Armand lächelte. Er musste daran denken, dass solches Ansinnen eher von Mädchen ausgesprochen wird, und Sophie war ja – wenn man den Altersunterschied bedenkt – eben solch ein junges Mädchen.

„Warum lächelst du?", fragte Sophie, und Armand antwortete:

„Ich liebe dich, mein Mädchen und ich verspreche dir, dass uns das niemals passieren wird. Aber jetzt erzähle, was dich bedrückt."

„Wir haben den Abdruck eines Rings und ein Pferdehaar", begann Sophie, „beides scheinbar wichtige Indizien, die uns aber nicht wirklich weiterbringen.

Dabei glaubte ich schon der Lösung des Falls ganz nah zu sein, was sich jedoch dann als Sackgasse herausgestellt hat.

Ich habe sogar den Commissaire missbraucht und ihn gebeten mir Unterlagen über den Brigadier Camus zu besorgen, weil ich mir so sicher war, dass er unser Mann ist"

„Ist Missbrauch nicht ein Tatbestand, der eine hohe Strafe nach sich zieht?", fragte Armand spaßeshalber.

„Mir ist gerade nicht nach Spaß zumute", sagte Sophie mit trauriger Miene, und Armand entschuldigte sich, begleitet von einem feinen Lächeln:

„Verzeih meine dumme Bemerkung; es ist mir einfach so herausgerutscht. Es war wohl die bildliche Vorstellung eines Missbrauchs mit Commissaire Garnier als Opfer und dir als Täter."

Jetzt musste auch Sophie lächeln, obwohl sie das gar nicht wollte.

„Bitte, mach weiter", sagte Armand, „ich werde dich auch nicht mehr unterbrechen."

„*Es gibt nichts mehr zu sagen*", erwiderte Sophie, „*ich habe keine Ahnung, ob ich den Fall je lösen werde.*"

„*Aber ja doch*", versuchte Armand Sophie aufzumuntern, „*ich bin sicher, du wirst das schaffen.*"

„*Kannst du mir auch sagen, wie ich das machen soll?*", kam die resignierende Antwort von Sophie, „*wir haben schon sämtliche Reiterhöfe in der Umgebung abgesucht; aber ohne Ergebnis.*

Wir haben Fotos von den fünf bzw. vier Verdächtigen vorgelegt; aber keiner von denen wurde wiedererkannt."

Armand sah zu Sophie, die ihn erwartungsvoll anblickte, gerade so, als ob von ihm die Lösung kommen könnte.

„*Habt ihr auch schon im <Ermitage Notre - Dame> ermittelt?*", fragte Armand.

„*Was ist das?*", entgegnete Sophie überrascht.

„*Das ist eine sündteure Einrichtung für die Kinder von Superreichen*", antwortete Armand und fuhr fort:

„*Dort lernen sie – neben den normalen Unterrichtsfächern - auch Schießen, Fechten und Reiten.*"

Als Sophie das Wort „Reiten" hörte, ging ein Leuchten über ihr Gesicht. Freude ergriff sie und veranlasste sie zu fragen:

„*Und ob die wohl auch Pferde dort haben?*"

„*Ich bin mir nicht sicher*", ließ sich Armand darauf ein, „*vielleicht reiten die dort ja auch auf Eseln oder gar auf Kamelen. Am Besten wird sein, du fragst dort einmal persönlich nach.*"

„*Das ist eine wunderbare Idee, Armand*", sagte Sophie, „*das werde ich gleich morgen machen. Aber jetzt will ich erst einmal meinen Nachtisch.*"

„*Wird sofort gemacht, Madame*", antwortete Armand. „*Wenn Sie schon einmal ins Boudoir vorauseilen wollen, ich werde sogleich mit dem Champagner folgen.*"

*****

Man konnte die prächtige Anlage der „Ermitage Notre-Dame" schon von weitem erkennen. Ein riesiger Park und ein kleiner See vervollständigten den imposanten Eindruck.

„*Da braucht man wohl ein gut gefülltes Portmonee, wenn man hier einchecken möchte*", sagte Capitaine Boulanger, als er mit Sophie die Auffahrt hinauffuhr.

„*Bitte, sagen Sie dem Direktor, dass wir ihn dringend sprechen müssen*", sagte Sophie und hielt der

Dame im Sekretariat ihren Dienstausweis unter die Nase.

Im selben Moment trat eine ältere Dame auf die beiden zu und sagte:

„Könnten Sie sich vorstellen auch mit einem weiblichen Direktor Vorlieb zu nehmen?"

Noch bevor Sophie darauf reagieren konnte, sagte die Dame weiter:

„Gestatten Sie, dass ich mich vorstelle; ich bin Madame Colette Brasseur, die Direktorin."

Sophie musste lachen. Die Direktorin fragte daraufhin:

„Was erheitert Sie denn so, Madame?", worauf Sophie antwortete:

„Erlauben Sie, dass ich mich meinerseits vorstelle. Ich bin Sophie Brasseur, Commandant der Police nationale, und das ist mein Kollege Capitaine Boulanger."

Jetzt musste auch die Direktorin herzlich lachen.

„Das nenne ich eine angenehme Überraschung", sagte die Direktorin, wobei ihr Sophie spontan zustimmte. Die Frau war so recht nach ihrem Geschmack.

„Was führt Sie zu mir?", fragte Mme. Brasseur.

„*Ein scheußlicher Mord an einem Kollegen*", antwortete Sophie und legte fünf Fotografien auf den Schreibtisch der Direktorin.

„*Erkennen Sie vielleicht eine oder mehrere Personen auf den Fotografien?*"

Die Direktorin setzte sich ihre Brille auf und antwortete:

„*Ja, den hier.*"

„*Sind Sie sich absolut sicher?*", fragte Sophie voller Entsetzen, „*bitte, schauen Sie sich das Bild noch einmal ganz genau an.*"

Die Direktorin nahm das Bild, auf welches sie gezeigt hatte, in ihre Hand und sagte:

„*Aber ja, ich werde doch das größte Reittalent erkennen, welches je an dieser Schule gewesen ist.*"

René blickte die ganze Zeit über gespannt zu seiner Kollegin, die gerade schaute, als hätte sie einen Geist gesehen.

„*Können Sie mir auch sagen, um wen es sich auf der Fotografie handelt?*", fragte Sophie, für die gerade eine Welt einzustürzen drohte.

„*Das ist Gabriel de Bellegarde, Gewinner des <Championnat de France Cheval de Chasse de Jeunesse>, ein Jahrhunderttalent.*"

"Irrtum ausgeschlossen?", fragte Sophie vorsichtig, denn sie vermochte sich kaum vorzustellen, dass diese Frau sich geirrt hatte.

"Völlig ausgeschlossen", antwortete die Direktorin und drehte sich um mit den Worten:

"Schauen Sie auf das Bild hinter mir an der Wand, meine Liebe, da sehen Sie Gabriel mit seinem Pferd und dem Siegerpokal."

Sophie sackte in sich zusammen. Die Worte der Direktorin hatten ihr gerade eben den Boden unter den Füßen weggezogen.

"Wie konnte ich nur so dumm sein", murmelte sie immer wieder, *"wie konnte ich nur so dumm sein."*

Jetzt hatte auch Capitaine Boulanger begriffen, um was es ging.

"Das ist ja Brigadier Meunier", entfuhr es ihm laut, *"wie ist das nur möglich?"*

"Er hat uns alle getäuscht, René", sagte Sophie, die noch immer völlig fassungslos war, *"und ich hatte ihn sogar ein wenig ins Herz geschlossen."*

"Glaubst du, dass er…"

Rene hatte den Satz nicht zu Ende gesprochen.

Sophie sah ihn an und antwortete:

„*Ich habe Angst daran zu glauben.*"

„*Sie sind ja völlig derangiert, meine Liebe*", sagte die Direktorin besorgt, „*was hat Sie denn so aufgewühlt?*"

„*Wir kennen diesen Mann als Didier Meunier, Brigadier bei der Police nationale*", antwortete Sophie.

„*Sie müssen sich irren, Commandant*", sagte die Direktorin, und Sophie antwortete:

„*Leider nicht, Madame, das ist unser Didi.*"

Betretenes Schweigen setzte ein. In Sophies Gesicht spiegelte sich nacktes Entsetzen ebenso wider wie im Gesicht von Madame Brasseur, der Direktorin.

Sophie brach das Schweigen und fragte:

„*Was können Sie uns über unseren gemeinsamen Bekannten sagen, was wir noch nicht wissen?*"

„*Gabriel oder Didier, wie Sie ihn nennen, ist der Sohn einer sehr angesehenen Familie. Sein Vater, ein gestrenger Herr, brachte uns den jungen Mann mit der Auflage einen lebenstüchtigen Menschen zu formen.*"

„*Ein seltsames Anliegen*", unterbrach Sophie die Direktorin, „*und ist es Ihnen gelungen?*"

Die Frage entbehre nicht eines gewissen Zynismus, eingedenk der Tatsache, dass besagter Protagonist offenbar nicht nur seinen Namen geändert hatte, sondern sehr wahrscheinlich auch ein Verbrechen begangen hatte.

Die Direktorin sah Sophie an. Der Unterton von Sophie war ihr nicht entgangen.

„Ich denke, die Antwort darauf kennen wir wohl beide, Commandant", antwortete die Direktorin, *„finden Sie nicht auch?"*

„Bitte, verzeihen Sie meine Taktlosigkeit, Mme Brasseur" sagte Sophie, die gerade sehr bedauerte, was sie gesagt hatte.

„Ist schon gut, meine Liebe", antwortete die Direktorin mit einem verständnisvollen Lächeln, und dann erzählte sie weiter:

„Gabriel war von Anfang an ein schwieriges Kind. Er war mitten in der Pubertät, als er zu uns kam, und er rebellierte gegen alles und jeden.

Er war sehr verschlossen und verweigerte jeden näheren Kontakt zu seinen Mitschülern. Das Einzige, wo er etwas aus sich herausging, das waren die Pferde.

Er hatte wohl schon zuhause reiten gelernt, denn der Umgang mit den Pferden machte ihm keinerlei Probleme.

Zum großen Glück erkannte unser Reitlehrer, Monsieur Pierre Daladier, das große Talent des Jungen. Er nahm Gabriel unter seine Fittiche, und schon bald zeigten sich erste Erfolge.

Gabriel hatte ein unglaubliches Gefühl im Umgang mit Pferden. Es war, als spräche er ihre Sprache. Er besaß die einmalige Gabe dem Pferd die Angst vor jedem Hindernis zu nehmen.

Schon bald gewann er kleinere Turniere, und dann kam der absolute Höhepunkt: Das <Championnat de France Cheval de Chasse de Jeunesse>.

Es war eine wahre Augenweide zuzusehen, mit welcher Bravour Gabriel dieses große Turnier gewann. Die Zuschauer applaudierten frenetisch, und dennoch vermochte es Gabriel sich nicht zu freuen.

Er hatte so sehr gehofft, dass seine Eltern dem Turnier beiwohnen würden, was aber nicht geschah. Das führte dazu, dass Gabriel wieder in alte Verhaltensmuster zurückfiel…"

Die Direktorin macht*e* eine Pause. Es schien, als wäre sie in Gedanken gerade tief in die Vergangenheit eingetaucht und würde dort festgehalten werden.

Sophie befreite sie, indem sie fragte:

„Wie meinen Sie das, Madame; das mit den alten Verhaltensmustern?"

„Gabriel verweigerte sich danach weiter mit den Pferden zu arbeiten, und er prügelte sich ständig mit seinen Mitschülern.

Einen verletzte er sogar so sehr, dass dieser ins Krankenhaus gebracht werden musste. Die Eltern von dem Jungen schalteten daraufhin die Polizei ein.

Das wiederum hatte zur Folge, dass der Vater von Gabriel kam und ihn von der Schule nahm. Alle Versuche unsererseits den Vater von seinem Entschluss abzubringen, haben nichts genützt."

Wieder erfolgte ein langes Schweigen. Die Dramatik, von welcher die Geschichte begleitet war, hatte die Anwesenden in einen Zustand der Ratlosigkeit versetzt.

„Haben Sie je wieder von Didier, ich meine Gabriel gehört?", fragte Sophie nach einer Weile, und die Direktorin antwortete:

„Sehr lange Zeit nicht. Ein Artikel in der Zeitung hat mich viele Monate später erschüttert. Der Baron und seine Gattin, die Eltern von Gabriel, kamen auf tragische Weise ums Leben.

Einbrecher haben sie erschossen. In der Zeitung stand, dass es wie eine Hinrichtung aussah: Ein Schuss in die Brust und einer in den Kopf. Es war schrecklich."

Sophie zuckte zusammen. Sie sah mit entsetztem Blick zu René, dem es ebenso erging. Die Direktorin hatte es bemerkt und fragte deshalb:

„Ist alles in Ordnung, meine Liebe?"

„Nichts ist in Ordnung, Madame Brasseur", antwortete Sophie, *„im Gegenteil. Es hat sich gerade eine schreckliche Gewissheit eingestellt."*

„Was meinen Sie, Commandant?", fragte die Direktorin, und Sophie antwortete:

„Ihr Gabriel, den wir als Didier kennen, ist vermutlich ein mehrfacher Mörder."

„Um Himmels Willen, nein", entfuhr es der Direktorin laut.

„Leider doch", erwiderte Sophie, *„Gabriel de Bellegrade, der bei der Police nationale unter dem Namen Didier Meunier seinen Dienst versieht, ist verdächtig seinen Kollegen, Lieutenant Maurice Cassel ermordet zu haben.*

Und nach dem, was Sie uns gerade geschildert haben, ist er auch dringend verdächtig seine Eltern ermordet zu haben."

„Mein Gott", sagte Madame Brasseur, *„das ist ja furchtbar."*

Sie hatte Tränen in den Augen, als sie das sagte. Sophie wäre am Liebsten zu ihr gegangen, um sie in den Arm zu nehmen.

„Sollten wir eine Pause machen, Madame?", fragte Sophie, *„möchten Sie vielleicht ein Glas Wasser?"*

„Ist schon gut, meine Liebe", antwortete die Direktorin, *„es ist nur alles so unbegreiflich für mich. Gabriel war zwar ein schwieriges Kind, und er neigte auch zu Gewalt. Aber Mord?"*

„Man steckt halt nicht drin im Menschen", bemühte Sophie eine Plattitüde, der gerade nichts besseres eingefallen war, und René nickte zur Bekräftigung.

Wie Sophie empfand auch er Mitleid mit der Direktorin, für die gerade eine Welt einzustürzen schien.

„Aber wie konnte es geschehen, dass sich Gabriel, nach so langer Zeit, wieder bei Ihnen gemeldet hat?", fragte Sophie weiter, und Madame Brasseur antwortete:

„Es war eine Riesenüberraschung, als Gabriel eines Tages an unsere Tür klopfte, um zu fragen, ob er sein Pferd bei uns einstellen dürfte.

Gabriel hatte sich einen wunderbaren Hengst mit dem Namen <Apollo> gekauft", fuhr die Direktorin fort, *„und er hegte den Wunsch ihn bei uns reiten zu dürfen.*

Normalerweise hätte ich das ablehnen müssen, aber zum einen erhielten wir vom alten Baron stets großzügige finanzielle Zuwendungen, und zum anderen profitierten wir vom Gewinn des <Championnat de France Cheval de Chasse de Jeunesse> durch Gabriel und die Zugkraft seines Namens."

„*Haben Sie sich nie gefragt, warum Gabriel ausgerechnet hierhergekommen ist?*", unterbrach Sophie die Direktorin.

„*Den Verbrecher zieht es immer wieder an den Ort seiner Tat zurück*", murmelte René vor sich hin und zog sich damit den strafenden Blick von Sophie zu.

„*Nein*", antwortete die Direktorin. „*Vielleicht weil er sich hier wohlgefühlt hat, oder weil er hier Anerkennung erfahren hat. Ich weiß es nicht…*"

„*Haben Sie ihn vielleicht danach gefragt, was er die ganze Zeit über gemacht hat, bzw. welchem Beruf er nachgeht?*"

„*Irgendetwas mit Immobilien, glaube ich*", antwortete die Direktorin, „*aber genau weiß ich es nicht.*"

„*Eine letzte Frage noch, Madame*", sagte Sophie, „*dann lassen wir Sie in Ruhe.*"

„*Fragen Sie nur, meine Liebe*", erwiderte die Direktorin, „*ich möchte helfen, so gut ich kann; wenn es auch sehr schmerzlich für mich ist.*"

„Kommt Gabriel regelmäßig zum Reiten hierher?"

„Das ist unterschiedlich", antwortete die Direktorin, *„aber er ruft immer am Tag davor an."*

„Und kommt er allein?", fragte Sophie.

„Ja, immer", antwortete die Direktorin.

Sophie reichte der Direktorin eine Visitenkarte und sagte:

„Das ist meine private Nummer. Unter der bin ich Tag und Nacht erreichbar. Wenn Gabriel das nächste Mal anruft, um sein Kommen zu avisieren, rufen Sie mich bitte an."

„Und was geschieht dann?", fragte die Direktorin.

Ihre Stimme klang beinahe etwas ängstlich, so, als wolle sie den Menschen schützen, der ihr einst anvertraut war, und der durch widrige Umstände aus seiner Lebensbahn geworfen wurde.

„Sie werden ihn doch nicht erschießen, oder?"

Sophie war über diese Frage etwas erstaunt, kam sie doch von einer Frau, die zweifelsohne intelligent war und ganz bestimmt auch nicht lebensfremd.

„Keine Angst, Madame", antwortete Sophie in ruhigem Ton, *„es wird niemandem etwas geschehen."*

Als sich Sophie und René verabschiedeten, sagte die Direktorin:

„Ich kann es noch immer nicht glauben. Sind Sie wirklich sicher, dass Gabriel das alles getan haben soll?"

„Ich fürchte, ja, Madame", antwortete Sophie, *„es tut mir sehr leid."*

Die Direktorin küsste Sophie auf beide Wangen und sagte:

„Passen Sie gut auf sich auf, mein Kind!"

Sophie wurde von dieser Geste sehr berührt. Vielleicht, weil sie sich so etwas früher von ihrer Mutter gewünscht, aber nie bekommen hatte.

„Was ist das denn für eine komische Alte?", sagte René, der die Situation ins Lächerliche zog.

„Du bist ein arrogantes, dummes Arschloch", sagte Sophie zornig, *„ich bereue jede Sekunde, die ich an dich verschwendet habe, und ich werde nie verstehen, was ich damals an dir gefunden habe."*

René wollte etwas erwidern, wurde aber von Sophie rüde unterbrochen.

„Es ist besser für dich, du sagst nichts."

René hielt sich an Sophies Anweisung. Er wusste, dass sie nicht davor zurückschrecken würde im Extremfall auch Gewalt anzuwenden.

Sophie war vor Jahren Siegerin der Polizeimeisterschaft im Boxen, und einmal hatte er sie schon während eines gemeinsamen Einsatzes im Rotlichtmilieu erlebt.

Er war noch immer in Sophie verliebt, und so sehr er sich auch bemühte die Trennung zu akzeptieren; es gelang ihm einfach nicht.

*****

Commissaire Garnier fiel aus allen Wolken, als Sophie ihm Bericht erstattete.

„Wie konnte das passieren, dass Sie den Brigadier Meunier bei Ihren Ermittlungen übersehen haben?"

„Darauf kann ich Ihnen keine Antwort geben, Commissaire", sagte Sophie, die gerade daran denken musste, dass sie alle Personalakten angefordert hatte, außer der von Didier Meunier.

Es war buchstäblich der Wolf im Schafspelz, der ihr auf der Nase herumgetanzt war. Wut und Ärger begannen sich gerade bei ihr zu manifestieren.

„*Und wie werden Sie weiter vorgehen?*", fragte der Commissaire.

„*Wir werden ihn bei seiner Lieblingsbeschäftigung überraschen und festnehmen*", antwortete Sophie.

„*In Ordnung*", sagte der Commissaire „*und keine Fehler mehr, Commandant. Ist das klar?*"

„*Ja, Commissaire*", antwortete Sophie, stand auf und verließ den Raum.

Sie ärgerte sich über die Bemerkung ihres Vorgesetzten. Sie war eine gute Polizistin, eine sehr gute sogar, und niemand brauchte ihr zu sagen, dass sie keine Fehler machen solle.

*****

Der Anruf von Madame Brasseur kam schon am nächsten Tag. Ihre Stimme klang höchst aufgeregt, und Sophie musste sie erst einmal beruhigen.

„*Es ist alles gut, Madame. Bleiben Sie ganz ruhig. Wissen Sie in etwa, um welche Zeit Gabriel kommen wird?*"

„*Ja, Commandant*", antwortete die Direktorin, „*gegen 18:00 Uhr hat er gesagt.*"

„*Gut, dann werden wir um 16:30 Uhr bei Ihnen sein und alles besprechen*", sagte Sophie.

„*Soll ich etwas vorbereiten?*", fragte die Direktorin, und Sophie antwortete:

„*Nein, Madame Brasseur, das ist nicht nötig. Sollte sich etwas ändern, dann sagen Sie mir einfach Bescheid.*"

„*Was meinen Sie damit?*", fragte die Direktorin, deren Aufgeregtsein gerade zunahm.

„*Sollte Gabriel zu einer anderen Zeit kommen wollen oder eventuell gar nicht*", antwortete Sophie.

„*Ach so*", sagte Madame Brasseur, scheinbar erleichtert, „*Gabriel kommt immer zu der angegebenen Zeit. Er ist verlässlich wie ein Schweizer Uhrwerk.*"

„*Dann ist alles in Ordnung, Madame*", erwiderte Sophie, „*bis später und bleiben Sie ganz ruhig.*"

„*Das mache ich, meine Liebe*", sagte die Direktorin, in deren Gemüt sich gerade Gelassenheit einzunisten schien.

„*Hoffentlich vermasselt uns die Tante nicht alles*", sagte René, der das Gespräch mitgehört hatte, und Sophie unterließ es die Bemerkung ihres Kollegen zu kommentieren, weil es ihr einfach zu dumm war.

*****

Gabriel de Bellegarde, alias Brigadier Didier Meunier erschien kurz vor 18:00 Uhr, wie angekündigt.

„Guten Tag, Mme Brasseur, geht es Ihnen nicht gut?"

Gabriel sprach die Direktorin auf ihr auffälliges Verhalten an. So sehr sie sich auch vorgenommen hatte, sich wie sonst auch zu gebärden, hatte sich doch eine große Nervosität ihrer bemächtigt.

Zum Glück hatte Sophie in weiser Voraussicht ihr für diesen Fall eine Ausrede vorbereitet, derer sie sich jetzt bediente.

„Die Geburt eines Fohlens von Diana steht bevor, und der Tierarzt hat festgestellt, dass es Komplikationen geben wird. Das beunruhigt mich im hohen Maße."

„Es wird schon alles gutgehen, Madame", sagte Gabriel mit sanfter Stimme, und Sophie, die mit René nur ein paar Schritte entfernt am Boden einer leeren Box kauerte, fragte sich einmal mehr, wie es möglich sein konnte, dass Gabriel de Bellegarde und Didier Meunier dieselbe Person sein konnte.

Sie war sehr froh, dass Gabriel die Ausrede von der Direktorin geschluckt hatte. Mme Brasseur war schon wieder aus dem Stall hinausgegangen, als Gabriel begann seinen Hengst zu satteln.

Als er den Sattelgurt festziehen wollte, kamen Sophie und René aus der Box heraus, in welcher sie sich versteckt gehalten hielten.

„Hallo Didi, oder soll ich lieber Baron de Bellegarde sagen?"

Gabriel sah Sophie entsetzt an und fragte:

„Woher wissen Sie...?"

René, der neben Sophie stand, mit der Hand über dem Holster seiner Dienstwaffe, antwortete anstelle von Sophie:

„Kriminalistische Kleinarbeit, Brigadier; aber davon verstehen Sie nichts.

Aber das verstehen Sie schon; oder Herr Baron?"

Mit der letzten Bemerkung hielt Capitaine Boulanger die Handschellen genüsslich in die Höhe, bevor er hinzufügte:

„Gabriel de Bellegrade, alias Brigadier Didier Meunier, ich verhafte Sie wegen des dringenden Tatverdachts mehrere Morde begangen zu haben.

Sie können schweigen; aber alles, was Sie sagen, kann und wird vor Gericht gegen Sie verwendet werden."

*****

Vernehmung des Brigadier Didier Meunier

„Ich bekenne mich schuldig am Mord meiner Eltern, Baron und Baronin de Bellegarde, sowie an dem Lieutenant Maurice Cassel."

Sophie starrte Didier Meunier fassungslos an. Noch bevor sie die Vernehmung beginnen konnte, hatte der Brigadier die Bombe platzen lassen.

„Nicht nur, dass Sie uns wie einen Ochsen am Nasenring durch die Arena gezogen haben, liefern Sie uns jetzt frei Haus ein Mordgeständnis an drei Personen, als wäre das die selbstverständliche Sache auf der Welt."

Sophie war aufgesprungen. Ihre aufkeimende Wut war unübersehbar. René erschrak, hatte er doch seine Kollegin noch nie zuvor so erlebt.

„Es tut mir sehr leid, dass Sie das so sehen, Commandant", erwiderte Didier Meunier, *„ich wollte Sie zu keiner Zeit inkommodieren, verzeihen Sie bitte."*

Die Sprache, der sich der Brigadier in diesem Moment bemächtigte, war eine ganz andere als noch Tage zuvor. Allein das Wort „inkommodieren" stammte aus einer anderen, längst überholten Zeit.

„Und warum gestehen Sie ausgerechnet jetzt diese Morde, da wir Sie erwischt haben?", fragte Sophie, jetzt etwas ruhiger.

„*Weil ich nicht mehr kann*", antwortete der Brigadier.

„*Das verstehe ich nicht*", erwiderte Sophie, „*das müssen Sie mir näher erklären.*"

Der Brigadier sah Sophie lange an, bevor er antwortete:

„*Ich trage ein Krebsgeschwür in mir, das mich von innen heraus auffrisst.*"

„*Kann man das nicht operieren?*", fragte René, „*waren Sie schon beim Arzt?*"

Didier Meunier sah den Capitaine mit einem mitleidsvollen Lächeln an. Sophie hatte sofort verstanden, was der Brigadier meinte.

„*Das, was ich meine, kann man nicht einfach so herausschneiden, wie den faulen Teil eines Apfels, Capitaine.*"

„*Wieso nicht?*", fragte René.

„*Lass den Brigadier einfach reden, und unterbreche ihn nicht*", sagte Sophie, begleitet von einem strengen Blick.

René verstand zwar die Aufforderung nicht, hielt sich aber fortan daran.

„*Begonnen hat alles, als ich noch ein Kind war*", begann Gabriel de Bellegrade eine Lebensbeichte, die so erschütternd war, dass man sie nur schwer zu glauben vermochte.

„Wie jedes Kind, buhlte ich mit allem, was ich tat, um die Liebe meiner Eltern. Ich wurde von einem Privatlehrer in Musik unterrichtet, ich lernte reiten, betrieb Sport, lernte Verse großer Dichter, und all das mit respektablem Erfolg.

Aber weder von Mama, noch von Papa kam je ein Wort der Anerkennung oder des Lobes. So wurde ich immer mehr ein stilles Kind, das seine Gefühle tief in sich drinnen vergrub, wie einen kostbaren Schatz.

Als ich dann im Internat endlich die Anerkennung erhielt, nach der ich mich so lange verzehrt hatte, fühlte ich, wie meine Seele von frischer Luft umspült wurde und endlich frei atmen konnte.

Doch dieser wonnige Zustand hielt nicht sehr lange. Einige eifersüchtige Mitschüler, welche mir den Erfolg neideten, provozierten mich so lange, bis ich mich zu Gewalttaten hinreißen ließ.

Das hatte zur Folge, dass ich zum ersten Mal einem Gefühl begegnete, das mir bisher verborgen geblieben war. Ich hatte mir durch Gewalt Respekt verschafft. Es war ein sehr befriedigendes Gefühl und ich genoss es.

Meine Geduld und mein Verständnis für andere Menschen nahmen im selben Maße ab, wie meine Gewaltbereitschaft zunahm.

Es war wohl ein tiefer Hass wider meine Eltern, der sich in einem ungeheuren Maße entlud. Die Tragik war nur, dass ich das damals nicht verifizieren konnte.

Als mich dann mein Vater aus dem Internat herausnahm, brach alles in mir zusammen. Ich wurde in ein normales Gymnasium gesteckt.

Meine Versuche mich mit meinem Vater auszusöhnen wurden von ihm gnadenlos zurückgewiesen. Jeder Tag, an welchem er mir mit Missachtung begegnete, ließ meinen Hass wachsen.

Als er dann groß genug war, habe ich ihn erschossen."

An dieser Stelle unterbrach Sophie die Schilderung von Gabriel.

„Das mit Ihrem Vater kann ich bis zu einem gewissen Grad nachvollziehen. Aber wieso haben Sie Ihre Mutter erschossen?"

„Sollte eine Mutter ihr Kind nicht beschützen?", richtete Gabriel fragend die Antwort an Sophie, *„wäre es nicht ihre heilige Pflicht gewesen?"*

Sophie gab keine Antwort, und Gabriel fuhr mit der Schilderung seines verpfuschten Lebens fort.

„Die Polizei ging damals von einem Einbruch aus, und ich wurde zu Tante Amélie, der Schwester meines

Vaters gebracht, wo ich bis zum Ende meiner Schulzeit verblieb.

Unmittelbar danach habe ich mich zur Legion gemeldet. Dort hat man mir das Töten ohne Hemmung beigebracht. Das half mir meine Tat zu relativieren.

Ich betrachtete im Nachhinein meine Eltern als den Feind, der eine Bedrohung darstellte, und den es zu vernichten galt.

Nach 5 Jahren habe ich die Legion verlassen, und bin als Didier Meunier ins normale Leben zurückgekehrt. Nun stand ich da mit meiner neuen Identität und wusste nicht wohin damit.

Ein Werbeplakat der Police nationale war der Auslöser dafür mich zu melden. Ich wurde aufgenommen und habe brav meinen Dienst verrichtet.

Das große Problem war nur die Bezahlung: Zum Leben zu wenig und zum Sterben zu viel. So kam ich irgendwann auf die Idee mit den gefälschten Strafzetteln.

Eine Druckerei war schnell gefunden, die nötigen Kontakte hatte Marion. Am Anfang war es nur ein Zweipersonen-Unternehmen; aber schon bald reichte das nicht mehr aus.

Marion rekrutierte ein paar Kollegen – die Namen kennen Sie ja – und wir bauten das Geschäft aus. Einzige Bedingung war, dass ich im Hintergrund bleiben sollte."

„Dann war alles nur Schein?", fragte Sophie, *„und den schüchternen Didi hat es nie gegeben?"*

„Nein, Commandant", antwortete Gabriel, *„tarnen und täuschen, das sind wichtige Ausbildungsmomente bei der Legion und auch im zivilen Leben sehr gut brauchbar."*

„Und warum haben Sie den Lieutenant erschossen?", fragte Sophie, und die Antwort überraschte sie.

„Eine Frage der Ehre", kam es kurz und knapp aus dem Mund von Gabriel de Bellegarde.

Sophie starrte den Brigadier verständnislos an. Dann sagte sie:

„Was hat der Lieutenant Maurice Cassel, Ehemann und Vater von zwei kleinen Kindern denn so Ehrloses getan, dass Sie ihn erschossen haben?"

„Er hat seine Kameraden verraten", antwortete Gabriel, *„das ist das Schlimmste, was ein Mann tun kann."*

„Können Sie uns auch sagen, worin der Verrat bestand?", fragte Sophie, und Gabriel antwortete:

„Er wollte aussteigen und seine Kameraden im Stich lassen."

Dann stand Gabriel de Bellegarde auf und sagte mit verklärtem Blick:

„Honos et Patriae – „Ehre und Vaterland".

„Wir sind doch nicht im Krieg, Gabriel", fuhr es laut aus Sophie heraus, *„du bist vollkommen verrückt, du bist krank!"*

„Wer seine Kameraden verrät, hat keine Ehre und muss mit dem Tod bestraft werden."

„Und wie glaubst du, muss ein Mörder bestraft werden?", fragte Sophie.

Als Gabriel keine Antwort gab, fragte Sophie weiter:

„Was wäre passiert, wenn wir dich nicht erwischt hätten? Hättest du irgendwann einfach weitergemordet?"

Sophie hatte den Abstand zu ihrem Gegenüber verloren. Es war das erste Mal, dass sie einen zu Verhörenden duzte. Die groteske Situation und die abstrusen Antworten von Gabriel hatten sie dazu gebracht.

„Ihr habt mich nur erwischt, weil ich das so wollte", antwortete Gabriel.

„Hörst du dir überhaupt zu, welchen Schwachsinn du gerade von dir gibst?", sagte Sophie, und Gabriel antwortete:

„Das ist kein Schwachsinn. Als ihr das mit dem Tierhaar herausgefunden habt, war mir klar, dass ihr irgendwann auf mich kommen würdet.

112

Und als ich bemerkte, wie aufgeregt Mme Brasseur war, als ich zum Reiten kam, da wusste ich, dass ihr da ward, um mich zu verhaften.

Diana ist gar nicht trächtig. Ich habe sie noch vor ein paar Tagen gesehen, als eine Reiterkollegin mit ihr ausgeritten ist."

„Und warum sind Sie dann nicht geflüchtet, wenn Sie wussten, dass wir da sind?", fragte René.

„Weil ich nicht mehr leben kann mit all der Schuld auf meinen Schultern", antwortete Gabriel. *„Durch eine Verurteilung und eine gerechte Strafe ergibt sich für mich die Möglichkeit, dass dieses Krebsgeschwür aus meiner Seele entfernt wird."*

„Ich habe genug", mischte sich Sophie ein, und zu dem Beamten, der bei der Tür stand, sagte Sie:

„Bringen Sie den Kerl weg; ich kann ihn nicht mehr sehen."

*****

Als Sophie das Zimmer von Commissaire Garnier betrat, um ihm Meldung zu machen, war sie ziemlich niedergeschlagen, obwohl ein gelöster Fall eigentlich Anlass zur Freude sein sollte.

„Ich gratuliere, Commandant", sagte der Commissaire und gab Sophie die Hand, *„das war gute Polizeiarbeit.*

Es ist zwar traurig, dass der Täter aus unseren eigenen Reihen stammt; aber Hauptsache, der Gerechtigkeit wird Genüge getan."

„Vielen Dank, Commissaire", antwortete Sophie, *„ich denke, damit ist meine Anwesenheit hier wohl erledigt, und ich kann zurück nach Paris fahren."*

„Haben Sie es so eilig den alten Rousel wiederzusehen? Grüßen Sie ihn von mir ganz herzlich. Ich werde ihm noch einen Bericht von Ihrer exzellenten Arbeit bei uns hier schicken."

„Das ist nicht nötig, Commissaire", antwortete Sophie, die noch immer an der Tatsache kiefelte, dass sie von einem Mörder an der Nase herumgeführt worden war.

„Nicht so bescheiden, Commandant", erwiderte Commissaire Garnier, *„und bitte reichen Sie meine Anerkennung auch an Capitaine Boulanger weiter."*

„Mache ich, Commissaire, nochmals vielen Dank und alles Gute für Sie!"

Mit diesen Worten und einem Händedruck beendete Sophie ihre Arbeit im Kommissariat Bisoncours.

*****

„Du bist so traurig, mein Liebling", sagte Armand, *„möchtest du mir nicht sagen, was dich bedrückt?"*

Als Sophie keine Antwort darauf gab, fragte Armand weiter:

„Hängt es mit dem Fall zusammen?"

Sophie gab noch immer keine Antwort. Sie starrte auf das Glas, das vor ihr auf dem Tisch stand.

„Soll ich dir etwas Wein nachgießen", fragte Armand, wohlwissend, dass der Blick auf Sophies Glas nichts mit dessen Füllstand zu tun hatte.

„Kann ein Mensch, der drei Morde begangen hat, in seiner Verurteilung und der dadurch sich nachziehenden Gefängnisstrafe Absolution für seine Seele finden?"

Armand sah Sophie lange an, bevor er antwortete.

„Das ist eine sehr schwere Frage, und ich bin kein Psychologe. Aber ich könnte mir vorstellen, dass ein Mensch, dessen Seele im Laufe seines Lebens viele Kränkungen erfahren hat, sich das so vorzustellen vermag.

Das würde aber meiner Meinung nach auch implizieren, dass diese Seele sehr, sehr krank ist."

„Ich denke, das ist wohl so", entgegnete Sophie, und nach einer kurzen Pause fragte sie:

„Würdest du deinen Beruf wieder erwählen, wenn du noch einmal auf die Welt kommen würdest?"

„Ja", antwortete Armand, „auf jeden Fall. Sonst würde ich dich ja nicht kennenlernen. Und wie ist es mit dir?"

„Ich bin mir nicht so sicher", antwortete Sophie, „aber eingedenk dessen, dass ich dem Mann fürs Leben nicht begegnen würde, wenn ich einen anderen Beruf erwählte, muss ich wohl JA sagen."

„Was würdest du sagen, wenn der <Mann fürs Leben> mit dir nach Paris käme?", fragte Armand.

„Heißt das, du willst das tun?", fragte Sophie, deren Wolken der Trübnis gerade von den hellen Strahlen der Hoffnung vertrieben wurden.

„Ich habe es schon in die Wege geleitet", antwortete Armand, „aber es wird noch eine Weile in Anspruch nehmen. Ich hoffe, du wirst so lange auf mich warten."

„Und wenn es ewig dauert, ich werde warten", antwortete Sophie, „ich liebe dich, du wunderbarer Mann!"

*****